名家作品
名师赏析系列

刘慈欣作品
学生版

刘慈欣 — 著
严锋 — 赏析

长江出版传媒　长江文艺出版社

图书在版编目（CIP）数据

刘慈欣作品：学生版 / 刘慈欣著；严锋赏析. --
武汉：长江文艺出版社，2022.6
（名家作品. 名师赏析系列）
ISBN 978-7-5702-2641-2

Ⅰ.①刘… Ⅱ.①刘…②严… Ⅲ.①幻想小说－小说集－中国－当代 Ⅳ.①I247.7

中国版本图书馆CIP数据核字(2022)第069337号

刘慈欣作品：学生版
LIU CIXIN ZUOPIN : XUESHENG BAN

| 责任编辑：马 蓓 | 责任校对：毛季慧 |
| 装帧设计：天行云翼·宋晓亮 | 责任印制：邱 莉 王光兴 |

出版： 长江出版传媒 长江文艺出版社
地址：武汉市雄楚大街268号　邮编：430070
发行：长江文艺出版社
http://www.cjlap.com
印刷：长沙鸿发印务实业有限公司

开本：640毫米×970毫米　1/16　　印张：11　　插页：1页
版次：2022年6月第1版　　2022年6月第1次印刷
字数：107千字

定价：25.00元

版权所有，盗版必究（举报电话：027—87679308　87679310）
（图书出现印装问题，本社负责调换）

刘慈欣的科幻世界

严锋

科幻文学是中国文坛一支异军突起的队伍，刘慈欣与中国科幻的崛起，是一个充满传奇色彩的故事。他本人原是山西娘子关电厂的一名计算机工程师，工作之余开始写科幻，作品蝉联 1999 年—2006 年中国科幻小说银河奖。2015 年 8 月，他创作的《三体》获得国际科幻界的最高荣誉——雨果长篇科幻奖。这也是亚洲作家首次获得这个奖项。颁奖词由瑞典宇航员凯尔·林格伦在距离地球 400 千米的同步轨道上的 ISS（国际空间站）宣读，影像通过网络向全球亿万人直播。2019 年 2 月，由《流浪地球》改编的同名电影上映，内地累计票房为 46.87 亿元人民币，成为中国影史票房榜第五名。凭借其作品的热销和影视改编的进行，刘慈欣越来越成为一个家喻户晓的名字，由此带动一波波的科幻热潮。

科幻现在为什么这么火，刘慈欣作品的魅力在哪里？十几年前，我曾经这样评价他："在读过刘慈欣几乎所有作品以后，我毫不怀疑，这个人单枪匹马，把中国科幻文学提升到了世界级的水平。"今天我仍然相信这句话有一定的合理性，但是需要补充、修改了。更确切地说，科幻是我们这个时代一种越来越强烈的需求，刘慈欣与他的战友们响应了人民的呼唤，一起把中国科幻提升到世界水准，并进一步推动了这股大潮。

科幻源于人类古已有之的梦想。人是爱幻想的动物，一直在寻找幻想的不同形式，以此超越个体有限的生命和认知。是幻想让人能飞出周围的现实，去探索各种神奇的可能性，推动现实的发展，陶冶自己的心灵。在古代，各种形式的神话就是幻想的集中体现。但是人又不满足于幻想，又渴望真实。随着时代的发展，人越来越理智成熟，从前的幻想已经无法满足现代人的精神需求，所以人一直在寻找幻想的新形式。在今天，这种新的幻想形态已经卓然成型，在科技时代找到了新的载体，那就是科幻。

要知道科学在今天也正在变得越来越神奇，比如超弦理论告诉我们宇宙可能有 11 个维度，电脑可以打败最优秀的人类棋手，全世界的很多实验室里的科学家正在孜孜不倦地开发长生不老药。一句话：科幻正在变得越来越现实，现实正在变得越来越科幻。在这个新的神话中，科学正发挥着越来越重要的作用，它提供了信仰和希望的实证性基础。这也是刘慈欣和科幻为什么那么受欢迎的核心密码。

在《流浪地球》中，人类面临毁灭性危机，但这个危机并非空穴来风。科学家们发现，太阳内核中的氦正在发生聚变，形成足以毁灭地球的氦闪。人类无法生存下去，唯一的生路是向外太空恒星际移民。氦闪是真实的天体物理现象，通常发生在太阳这类恒星的晚年，刘慈欣只不过是把时间提前了，但已经能给读者带来真实的危机感受。接下来他的想象就更惊世骇俗了。人类给地球安装上万座巨大的重元素聚变发动机，推动地球逃离年迈的太阳。这需要神话里都罕见的撼天动地的力量，但是从科学的角度，并非没有理论上的可能性。刘慈欣能把最疯狂的想象与最前沿的科学无缝对接，并用高密度的细节把这两大板块铆接起来，这是他难以被别人复制的长项。

刘慈欣被读者亲切地称为"大刘"，这个"大"也是他作品内容和风格的鲜明特色。刘慈欣偏爱大尺度的宇宙、大跨度的时间、巨大的物体、复杂的结构。他的世界，涵盖了从奇点到宇宙边际的所有尺度，跨越了从白垩纪到未来亿万年的漫长时光。这种思想与审美的取向，看上去与我们时代有一些背道而驰。我们都知道，这是一个碎片化的"小时代"，刘慈欣也多次表示自己写的是一种过时的科幻。那么，他为什么要反其道而行之？可以说，这是对我们熟悉的日常生活的一种超越，我们通过他的科幻作品，看到了另外一个世界，一个更大、更遥远的世界。但刘慈欣并没有止步于令人神往的技术奇观，而是让人在这些宏大的景象中看到更多的可能性，再对我们自身的现实和生存状况有新的观照。

在《诗云》中，有着超级技术能力的外星人迷上了中国人的旧体诗，想要创造出能超越李白的诗作，于是穷尽太阳系的能量，制造了一个巨大的诗歌存储器，一片直径一百亿公里的星云，其中包含着全部可能的诗词。这让作品中的人类古典文学专家也惊羡不已。但是，就是这样具有创世能力的智慧生命，也编不出具备古诗鉴赏力的软件，把诗歌的巅峰之作从诗云中识别出来。这里，我们可以通过科幻感受到宇宙的浩瀚，而这又与我们对人类文明的信念融为一体。

刘慈欣之"大",不限于宏观的拓展,也可以是微观层面的展开。在《微纪元》中,人类面临灭绝性灾难,通过基因技术把自身缩小到细菌大小,只要有微小的生态系统,消耗极少的资源就可以生存下来。这恐怕是针对能源和生存空间危机,我们所能想象的最另类的解决方案了。刘慈欣用真实的物理精细打造了这个微观世界的景观,在此基础上描写了微人社会的形态。当人类不必为生存空间而争斗,不必为能源和粮食短缺而烦恼,他们会呈现出什么样的文化形态?这又能让我们对现实中的"次世代"青年的精神面貌有新的认识。

维度也是刘慈欣作品中非常关键的一个概念。我们知道一维是一条线,二维是一个平面,三维是立体的形状。这些都是容易理解的,什么是四维呢?这就比较难想象了,但是对于数学家和物理学家来说就不是问题了。根据弦理论,宇宙的维度多达11个。这完全超出了我们直观的想象,但是从科学上来说是可能的。维度越高,空间越复杂,能看到的东西就越多。

在刘慈欣看来,生命是从低维向高维发展,一个技术文明等级的重要标志,是它能够控制和使用的维度。在低维阶段,生命只获得有限的活动空间,有限的视野,有限的认知和控制能力。在《诗云》中,吞食帝国已能在实验室中小规模地进入四维空间,只能算是银河系中一个未开化的原始群落。拥有超级技术能力的外星人已能够进入十一维空间。在他们看来,人类只是低级的虫子。这是刘慈欣作品中经常出现的一个词。有些人看到这个词很不高兴,认为刘慈欣是在贬低人类。其实他是跳出人类中心主义,从一个更高的维度来重新审视人类,打破一些人的盲视和自大。另一方面，虫子有虫子的生存和发展能力。《三体》中的警察史强说过一句名言："虫子从来就没有被真正战胜过。"

所以，从维度的概念出发，一要认清人类低维生存的真相，二要努力向高维发展。在这里，维度其实具有超越科技的寓意，代表了更广阔的生存空间，也代表了更高远的眼界和更全面的思维方式。从这个意义上说，浩瀚的宇宙就是高维的化身，灿烂的星空是人类永恒的目标。

在《中国太阳》中，水娃一开始在北京的摩天大楼上擦窗户的时候，看到了整个北京；来到同步轨道上的中国太阳时，他看到了整个地球；最终，他跟随中国太阳飞出太阳系，他看到了更加壮丽的宇宙。这正是改革开放以来中国人心路历程的写照，也是对中国科幻小说蓬勃发展的一个注脚。中国科幻小说的异军突起，显示中国人现在有了梦想的机会与实现的条件。中国科幻小说的读者不仅把自己看成是中国的一员，还是人类的一员，关注的不仅是现实，而且是一种在时间和空间上都更遥远的终极问题，这反映了中国年轻一代思维方式的深刻改变，这对中国的命运和世界的命运都会有长远的影响。

在今天，科幻已经成为一种越来越引人注目的文化现象，而我们的时代也正在变得越来越科幻化。科幻创造另一种现实，让我们跳出熟悉的生活，走向不同的时空，在那里眺望自己，重新认识我们这个世界，在过去、现在与未来之间建立新的纽带，从中探索人类精神的可能性和文明的走向。

目 录

001　流浪地球

044　带上她的眼睛

062　中国太阳

104　微纪元

131　诗 云

流浪地球

一　刹车时代

　　我没见过黑夜，我没见过星星，我没见过春天、秋天和冬天。

　　我出生在刹车时代结束的时候，那时地球刚刚停止转动。

　　地球自转刹车用了四十二年，比联合政府的计划长了三年。妈妈给我讲过我们全家看最后一个日落的情景，太阳落得很慢，仿佛在地平线上停住了，用了三天三夜才落下去。当然，以后没有"天"也没有"夜"了，东半球在相当长的一段时间里（有十几年吧）将处于永远的黄昏中，因为太阳在地平线下并没落深，还在半边天上映出它的光芒。就在那次漫长的日落中，我出生了。

　　黄昏并不意味着昏暗，地球发动机把整个北半球照得通明。地球发动机安装在亚洲和美洲大陆上，因为只有这两个大陆完整坚实的板块结构才能承受发动机对地球巨大的推力。地球发动机共有一万二千台，分布在亚洲和美洲大陆的各个平原上。从我住的地方，可以看到几百台发动机喷出的等离子体光柱。你想象一个巨大的宫殿，有雅典卫城上的神殿那么大，殿

中有无数根顶天立地的巨柱，每根柱子像一根巨大的日光灯管那样发出蓝白色的强光。而你，是那巨大宫殿地板上的一个细菌，这样，你就可以想象到我所在的世界是什么样子了。其实这样描述还不是太准确，是地球发动机产生的切线推力分量刹住了地球的自转，因此地球发动机的喷射必须有一定的角度，这样天空中的那些巨型光柱是倾斜的，我们是处在一个将要倾倒的巨殿中！南半球的人来到北半球后突然置身于这个环境中，有许多人会精神失常的。比这景象更可怕的是发动机带来的酷热，户外气温高达七八十摄氏度，必须穿冷却服才能外出。在这样的气温下常常会有暴雨，而发动机光柱穿过乌云时的景象简直是一场噩梦！光柱蓝白色的强光在云中散射，变成无数种色彩组成的疯狂涌动的光晕，整个天空仿佛被白热的火山岩浆所覆盖。爷爷老糊涂了，有一次被酷热折磨得实在受不了，看到下大雨喜出望外，赤膊冲出门去，我们没来得及拦住他。外面雨点已被地球发动机超高温的等离子光柱烤热，把他身上烫起了一层皮。

但对于我们这一代在北半球出生的人来说，这一切都很自然，就如同对于刹车时代以前的人们，太阳、星星和月亮那么自然，我们把那以前人类的历史都叫作前太阳时代，那真是个让人神往的黄金时代啊！

我在小学入学时，作为一门课程，教师带我们班的三十个孩子进行了一次环球旅行。这时地球已经完全停转，地球发动机除了维持这个行星的这种静止状态外，只进行一些姿态调整，所以在从我三岁到六岁这三年中，光柱的光度大为减弱，这使得我们可以在这次旅行中更好地认识我们的世界。

我们首先在近距离见到了地球发动机，是在石家庄附近的太行山出口处看到它的。那是一座金属的高山，在我们面前赫然耸立，占据了半个天空，同它相比，西边的太行山山脉如同一串小土丘。有的孩子惊叹它如珠峰一样高。我们的班主任小星老师是一位漂亮姑娘，她笑着告诉我们，这座发动机的高度是一万一千米，比珠峰还要高一千多米，人们管它叫"上帝的喷灯"。我们站在它巨大的阴影中，感受着它通过大地传来的振动。

地球发动机分为两大类，大一些的叫"山"，小一些的叫"峰"。我们登上了"华北794号山"。登"山"比登"峰"花的时间长，因为"峰"是靠巨型电梯上下的，上"山"则要坐汽车沿盘"山"公路走。我们的汽车混在不见首尾的长车队中，沿着光滑的钢铁公路向上爬行。我们的左边是青色的金属峭壁，右边是万丈深渊。车队是由五十吨的巨型自卸卡车组成，车上满载着从太行山上挖下的岩石。汽车很快升到了五千米以上，下面的大地已看不清细节，只能看到反射的地球发动机的一片青光。小星老师让我们戴上氧气面罩。随着我们距喷口越来越近，光度和温度都在剧增，面罩的颜色渐渐变深，冷却服中的微型压缩机也大功率地忙碌起来。在六千米处，我们见到了进料口，一车车的大石块倒进那闪着幽幽红光的大洞中，一点声音都没传出来。我问小星老师地球发动机是如何把岩石做成燃料的。

"重元素聚变是一门很深的学问，现在给你们还讲不明白。你们只需要知道，地球发动机是人类建造的力量最大的机器，比如我们所在的华北794号，全功率运行时能向大地产生150

亿吨的推力。"

我们的汽车终于登上了顶峰，喷口就在我们头顶上。由于光柱的直径太大，我们现在抬头看到的是一堵发着蓝光的等离子体巨墙，这巨墙向上伸延到无限高处。这时，我突然想起不久前的一堂哲学课，那个憔悴的老师给我们出了一个谜语。

"你在平原上走着走着，突然迎面遇到一堵墙，这墙向上无限高，向下无限深，向左无限远，向右无限远，这墙是什么？"

我打了一个寒战，接着把这个谜语告诉了身边的小星老师。她想了好大一会儿，困惑地摇摇头。我把嘴凑到她耳边，把那个可怕的谜底告诉她。

"死亡。"

她默默地看了我几秒钟，突然把我紧紧地抱在怀里。我从她的肩上极目望去，迷蒙的大地上，耸立着一片金属的巨峰，从我们周围一直延伸到地平线。巨峰吐出的光柱，如一片倾斜的宇宙森林，刺破我们摇摇欲坠的天空。

我们很快到达了海边，看到城市摩天大楼的尖顶伸出海面，退潮时白花花的海水从大楼无数的窗子中流出，形成一道道瀑布……刹车时代刚刚结束，其对地球的影响已触目惊心：地球发动机加速造成的潮汐吞没了北半球三分之二的大城市，发动机带来的全球高温融化了极地冰川，更使这大洪水雪上加霜，波及南半球。爷爷在三十年前目睹了百米高的巨浪吞没上海的情景，他现在讲这事的时候眼还直勾勾的。事实上，我们的星球还没启程就已面目全非了，谁知道在以后漫长的外太空流浪中，还有多少苦难在等着我们呢？

我们乘上一种叫船的古老的交通工具在海面上航行。地球发动机的光柱在后面越来越远,一天以后就完全看不见了。这时,大海处在两片霞光之间,一片是西面地球发动机的光柱产生的青蓝色霞光,一片是东方海平面下的太阳产生的粉红色霞光,它们在海面上的反射使大海也分成了闪耀着两色光芒的两部分,我们的船就行驶在这两部分的分界处,这景色真是奇妙。但随着青蓝色霞光的渐渐减弱和粉红色霞光的渐渐增强,一种不安的气氛在船上弥漫开来。甲板见不到孩子们了,他们都躲在船舱里不出来,舷窗的帘子也被紧紧拉上。一天后,我们最害怕的那一时刻终于到来了,我们集合在那间用作教室的大舱中,小星老师庄严地宣布:

"孩子们,我们要去看日出了。"

没有人动,我们目光呆滞,像突然冻住一样僵在那儿。小星老师又催了几次,还是没人动。她的一位男同事说:

"我早就提过,环球体验课应该放在近代史课前面,学生在心理上就比较容易适应了。"

"没那么简单,在近代史课前,他们早就从社会知道一切了。"小星老师接着对几位班干部说,"你们先走,孩子们,不要怕,我小时候第一次看日出也很紧张的,但看过一次就好了。"

孩子们终于一个个站了起来,朝着舱门挪动脚步。这时,我感到一只湿湿的小手抓住了我的手,回头一看,是灵儿。

"我怕……"她嘤嘤地说。

"我们在电视上也看到过太阳,反正都一样的。"我安慰她说。

"怎么会一样呢，你在电视上看蛇和看真蛇一样吗？"

"……反正我们得上去，要不这门课会扣分的！"

我和灵儿紧紧拉着手，和其他孩子一起战战兢兢地朝甲板走去，去面对我们人生中的第一次日出。

"其实，人类把太阳同恐惧连在一起也只是这三四个世纪的事。这之前，人类是不怕太阳的，相反，太阳在他们眼中是庄严和壮美的。那时地球还在转动，人们每天都能看到日出和日落。他们对着初升的太阳欢呼，赞颂落日的美丽。"小星老师站在船头对我们说，海风吹动着她的长发，在她身后，海天连线处射出几道光芒，好像海面下的一头大得无法想象的怪兽喷出的鼻息。

终于，我们看到了那令人胆寒的火焰，开始时只是天水连线上的一个亮点，很快增大，渐渐显示出了圆弧的形状。这时，我感到自己的喉咙被什么东西掐住了，恐惧使我窒息，脚下的甲板仿佛突然消失，我在向海的深渊坠下去，坠下去……和我一起下坠的还有灵儿，她那蛛丝般柔弱的小身躯紧贴着我颤抖着；还有其他孩子，其他的所有人，整个世界，都在下坠。这时我又想起了那个谜语，我曾问过哲学老师，那堵墙是什么颜色的，他说应该是黑色的。我觉得不对，我想象中的死亡之墙应该是雪亮的，这就是为什么那道等离子体墙让我想起了它。这个时代，死亡不再是黑色的，它是闪电的颜色，当那最后的闪电到来时，世界将在瞬间变成蒸气。

三个多世纪前，天体物理学家们就发现这太阳内部氢转化为氦的速度突然加快，于是他们发射了上万个探测器穿过太阳，最终建立了这颗恒星完整精确的数学模型。巨型计算机对这个模型计算的结果表明，太阳的演化已向主星序外偏移，氦元素的聚变将在很短的时间内传遍整个太阳内部，由此产生一次叫氦闪的剧烈爆炸，之后，太阳将变为一颗巨大但暗淡的红巨星，它膨胀到如此之大，地球将在太阳内部运行！事实上在这之前的氦闪爆发中，我们的星球已被汽化了。

这一切将在四百年内发生，现在已过了三百八十年。

太阳的灾变将炸毁和吞没太阳系所有适合居住的类地行星，并使所有类木行星完全改变形态和轨道。自第一次氦闪后，随着重元素在太阳中心的反复聚集，太阳氦闪将在一段时间反复发生，这"一段时间"是相对于恒星演化来说的，其长度可能相当于上千个人类历史。所以，人类在以后的太阳系中已无法生存下去，唯一的生路是向外太空恒星际移民，而照人类目前的技术力量，全人类移民唯一可行的目标是人马座比邻星，这是距我们最近的恒星，有4.3光年的路程。以上看法人们已达成共识，争论的焦点在移民方式上。

为了加强教学效果，我们的船在太平洋上折返了两次，又给我们制造了两次日出。现在我们已完全适应了，也相信了南半球那些每天面对太阳的孩子确实能活下去。

以后我们就在太阳下航行了，太阳在空中越升越高，这几天凉爽下来的天气又热了起来。我正在自己的舱里昏昏欲睡，听到外面有骚乱的人声。灵儿推开门探进头来。

"嗨，飞船派和地球派又打起来了！"

我对这事儿不感兴趣，他们已经打了四个世纪了。但我还是到外面看了看，在那打成一团的几个男孩儿中，一眼就看出了挑起事儿的是阿东，他爸爸是个顽固的飞船派，因参加一次反联合政府的暴动，现在还被关在监狱里，有其父必有其子。

小星老师和几名粗壮的船员好不容易才拉开架，阿东鼻子血糊糊的，振臂高呼："把地球派扔到海里去！"

"我也是地球派，也要扔到海里去？"小星老师问。

"地球派都扔到海里去！"阿东毫不示弱，现在，在全世界飞船派情绪又呈上升趋势，所以他们又狂起来了。

"为什么这么恨我们？"小星老师问，其他几个飞船派小子接着喊了起来。

"我们不和地球派傻瓜在地球上等死！"

"我们要坐飞船走！飞船万岁！"

……

小星老师按了一下手腕上的全息显示器，我们面前的空中立刻显示出一幅全息图像，孩子们的注意力立刻被它吸引过去，暂时安静下来。那是一个晶莹透明的密封玻璃球，直径大约有十厘米，球里有三分之二充满了水，水中有一只小虾、一小枝珊瑚和一些绿色的藻类植物，小虾在水中悠然地游动着。小星老师说："这是阿东的一件自然课的设计作业，小球中除了这几样东西外，还有一些看不见的细菌。它们在密封的玻璃球中相互依赖、相互作用。小虾以海藻为食，从水中摄取氧气，然后排出含有机物质的粪便和二氧化碳废气，细菌将这些东西分解成无机物质和二氧化碳，然后海藻利用了这些无机物质与人造阳光进行光合作用，制造营养物质，进行生长和繁殖，同时放出氧气供小虾呼吸。这样的生态循环应该能使玻璃球中的生物在只有阳光供应的情况下生生不息。这是我见过的最好的课程设计，我知道，这里面凝聚了阿东和所有飞船派孩子的梦

想，这就是你们梦中飞船的缩影啊！阿东告诉我，他按照计算机中严格的数学模型，对球中每一样生物进行了基因设计，使它们的新陈代谢正好达到平衡。他坚信，球中的生命世界会长期活下去，直到小虾寿命的终点。老师们都很钟爱这件作业，我们把它放到所要求强度的人造阳光下，也坚信阿东的预测，默默地祝福他创造的这个小小的世界。但现在，时间只过去了十几天……"

小星老师从随身带来的一个小箱子中小心翼翼地拿出了那个玻璃球，死去的小虾漂浮在水面上，水已混浊不堪，腐烂的藻类植物已失去了绿色，变成一团没有生命的毛状物覆盖在珊瑚上。

"这个小世界死了。孩子们，谁能说出为什么？"小星老师把那个死亡的世界举到孩子们面前。

"它太小了！"

"说得对，太小了，小的生态系统，不管多么精确，是经不起时间的风浪的。飞船派们想象中的飞船也一样。"

"我们的飞船可以造得像上海或纽约那么大。"阿东说，声音比刚才低了许多。

"是的，按人类目前的技术也只能造这么大，同地球相比，这样的生态系统还是太小了，太小了。"

"我们会找到新的行星。"

"这连你们自己也不相信。人马座没有行星，最近有行星的恒星在八百五十光年以外，目前人类能建造的最快的飞船也只能达到光速的百分之零点五，这样就需十七万年时间才能到那儿，飞船规模的生态系统连这十分之一的时间都维持不了。孩子们，只有像地球这样规模的生态系统，这样气势磅礴的生态循环，才能使生命万代不息！人类在宇宙间离开了地球，就像婴儿在沙漠里离开了母亲！"

"可……老师，我们来不及的，地球来不及的，它还来不及加速到足够快，航到足够远，太阳就爆炸了！"

"时间是够的，要相信联合政府！这我说了多少遍，如果你们还不相信，我们就退一万步说，人类将自豪地去死，因为我们尽了最大的努力！"

人类的逃亡分为五步：第一步，用地球发动机使地球停止转动，使发动机喷口固定在地球运行的反方向；第二步，全功率开动地球发动机，使地球加速到逃逸速度，飞出太阳系；第三步：在外太空继续加速，飞向比邻星；第四步：在中途使地球重新自转，调转发动机方向，开始减速；第五步：地球泊入比邻星轨道，成为这颗恒星的卫星。人们把这五步分别称为刹车时代，逃逸时代，流浪时代Ⅰ（加速），流浪时代Ⅱ（减速），新太阳时代。

整个移民过程将延续两千五百年时间，一百代人。

我们的船继续航行，航到了地球黑夜的部分，在这里，阳光和地球发动机的光柱都照不到，在大西洋清凉的海风中，我们这些孩子第一次看到了星空。天啊，那是怎样的景象啊，美得让我们心醉。小星老师一手搂着我们，一手指着星空，"看，孩子们，那就是人马座，那就是比邻星，那就是我们的新家！"说完她哭了起来，我们也都跟着哭了，周围的水手和船长，这些铁打的汉子也流下了眼泪。所有的人都用泪眼探望着老师指的方向，星空在泪水中扭曲抖动，唯有那个星星是不动的，那是黑夜大海狂浪中远方陆地的灯塔,那是冰雪荒原中快要冻死的孤独旅人前方隐现的火光,那是我们心中的星星,是人类在未来一百代人的苦海中唯一的希望和支撑……

在回家的航程中,我们看到了起航的第一个信号:夜空中出现了一个巨大的彗星,那是月球。人类带不走月球,就在月球上也安装了行星发动机,把它推离地球轨道,以免在地球加速时相撞。月球上行星发动机产生的巨大彗尾使大海笼罩在一片蓝光之中,群星看不见了。月球移动产生的引力潮汐使大海巨浪冲天,我们改乘飞机向南半球的家飞去。

起航的日子终于到了!

我们一下飞机,就被地球发动机的光柱照得睁不开眼,这些光柱比以前亮了几倍,而且所有光柱都由倾斜变成笔直,地球发动机开到了最大功率,加速产生的百米巨浪轰鸣着滚上每个大陆,灼热的飓风夹着滚烫的水沫,在林立的顶天立地的等离子光柱间疯狂呼啸,拔起了陆地上所有的大树……这时从宇宙空间看,我们的星球也成了一个巨大的彗星,蓝色的彗尾刺破了黑暗的太空。

地球上路了,人类上路了。

就在起航时,爷爷去世了,他身上的烫伤已经感染。弥留之际他反复念叨着一句话。

"啊,地球,我的流浪地球啊……"

二 逃逸时代

学校要搬入地下城了,我们是第一批入城的居民。校车钻进了一个高大的隧洞，隧洞呈不大的坡度向地下延伸。走了有半个钟头，我们被告知已入城了。可车窗外哪有城市的样子？只看到不断掠过的错综复杂的支洞，和洞壁上无数的密封门，在高高洞顶一排泛光灯下，一切都呈单调的金属蓝色。想到后半生的大部分时光都要在这个世界中度过，我们不禁黯然神伤。

"原始人就住洞里，我们又住洞里了。"灵儿低声说。这话还是让小星老师听见了。

"没有办法的，孩子们，地面的环境很快就要变得很可怕很可怕，那时，冷的时候，吐一口唾沫，还没掉到地上呢，就冻成小冰块儿了；热的时候，再吐一口唾沫，还没掉到地上，就变成蒸气了！"

"冷我知道，因为地球离太阳越来越远了；可为什么还会热呢？"同车的一个低年级的小娃娃问。

"笨，没学过变轨加速吗？"我没好气地说。

"没。"

灵儿耐心地解释起来，好像是为了分散刚才的悲伤。"是这样：跟你想的不同，地球发动机没那么大劲儿，它只能给地球很小的加速度，不能把地球一下子推出太阳轨道，在地球离开太阳前，还要绕着它转十五个圈呢！在这十五个圈中地球慢慢加速。现在，地球绕太阳转着一个挺圆的圈儿，可它的速度越快呢，这圈就越扁，越快越扁越快越扁，太阳越来越移到这个扁圈的一边儿，所以后来，地球有时离太阳会很远很远，当然冷了……"

"可……还是不对！地球到最远的地儿是很冷，可在扁圈的另一头儿,它离太阳……嗯,我想想,按轨道动力学,还是现在这么近啊,怎么会更热呢?"

真是个小天才,记忆遗传技术使这样的小娃娃成了平常人,这是人类的幸运,否则,像地球发动机这样连神都不敢想的奇迹,是不会在四个世纪内变成现实的。

我说:"可还有地球发动机呢,小傻瓜,现在,一万多台那样的大喷灯全功率开动,地球就成了火箭喷口的护圈了……你们安静点吧,我心里烦!"

我们就这样开始了地下的生活,像这样在地下五百米处人口超过百万的城市遍布各个大陆。在这样的地下城中,我读完小学并升入中学。学校教育都集中在理工科上,艺术和哲学之类的教育已压缩到最少,人类没有这份闲心了。这是人类最忙的时代,每个人都有做不完的工作。很有意思的是,地球上所有的宗教在一夜之间消失得无影无踪,人们现在终于明白,就算真有上帝,他也是个王八蛋。历史课还是有的,只是课本中前太阳时代的人类历史对我们就像伊甸园中的神话一样。

父亲是空军的一名近地轨道宇航员,在家的时间很少。记得在变轨加速的第五年,在地球处于远日点时,我们全家到海边去过一次。运行到远日点顶端那一天,是一个如同新年或圣诞节一样的节日,因为这时地球距太阳最远,人们都有一种虚幻的安全感。像以前到地面上去一样,我们需穿上带有核电池的全密封加热服。外面,地球发动机林立的刺目光柱是主要能看见的东西,地面世界的其他部分都淹没于光柱的强光中,也看不出变化。我们乘飞行汽车飞了很长时间,到了光柱照不到的地方,到了能看见太阳的海边。这时的太阳已成了一个棒球大小,一动不动地悬在天边,它的光芒只在自己的周围映出了一圈晨曦似的亮影,天空呈暗暗的深蓝色,星星仍清晰可见。举目望去,哪有海啊,眼前是一片白茫茫的冰原。在这封冻的大海上,有大群狂欢的人。焰火在暗蓝色的空中开放,冰冻海面上的人们以一种不正常的忘情在狂欢着,到处都是喝醉了在冰上打滚的人,更多的人在声嘶力竭地唱着不同的歌,都想用自己的声音压住别人。

"每个人都在不顾一切地过自己想过的生活,这也没有什么不好。"爸爸突然想起了一件事,"呵,忘了告诉你们,我爱上了黎星,我要离开你们和她在一起。"

"她是谁?"妈妈平静地问。

"我的小学老师。"我替爸爸回答。我升入中学已两年,不知道爸爸和小星老师是怎么认识的,也许是在两年前的毕业仪式上?

"那你去吧。"妈妈说。

"过一阵我肯定会厌倦,那时我就回来,你看呢?"

"你要愿意当然行。"妈妈的声音像冰冻的海面一样平稳,但很快激动起来,"啊,这一颗真漂亮,里面一定有全息散射体!"她指着刚在空中开放的一朵焰火,真诚地赞美着。

在这个时代,人们在看四个世纪以前的电影和小说时都莫名其妙,他们不明白,前太阳时代的人怎么会在不关生死的事情上倾注那么多的感情。当看到男女主人公为爱情而痛苦或哭泣时,他们的惊奇是难以言表的。在这个时代,死亡的威胁和逃生的欲望压倒了一切,除了当前太阳的状态和地球的位置,没有什么能真正引起他们的注意并打动他们了。这种注意力高度集中的关注，渐渐从本质上改变了人类的心理状态和精神生活，对于爱情这类东西，他们只是用余光瞥一下而已，就像赌徒在盯着轮盘的间隙抓住几秒钟喝口水一样。

过了两个月，爸爸真从小星老师那儿回来了，妈妈没有高兴，也没有不高兴。

爸爸对我说："黎星对你印象很好，她说你是一个有创造力的学生。"

妈妈一脸茫然："她是谁？"

"小星老师嘛，我的小学老师，爸爸这两个月就是同她在一起的！"

"哦，想起来了！"妈妈摇头笑了，"我还不到四十，记忆力就成了这个样子。"她抬头看看天花板上的全息星空，又看看四壁的全息森林，"你回来挺好，把这些图像换换吧，我和孩子都看腻了，但我们都不会调整这玩意儿。"

当地球再次向太阳跌去的时候，我们全家都把这事忘了。

有一天，新闻报道海在融化，于是我们全家又到海边去。这是地球通过火星轨道的时候，按照这时太阳的光照量，地球的气温应该仍然是很低的，但由于地球发动机的影响，地面的气温正适宜。能不穿加热服或冷却服去地面，那感觉真令人愉快。地球发动机所在的这个半球天空还是那个样子，但到达另一个半球时，却真正感到了太阳的临近：天空是明朗的纯蓝色，太阳在空中已同起航前一样明亮了。可我们从空中看到海并没融化，还是一片白色的冰原。当我们失望地走出飞行汽车时，听到惊天动地的隆隆声，那声音仿佛来自这颗星球的最深处，真像地球要爆炸一样。

"这是大海的声音！"爸爸说，"因为气温骤升，厚厚的海冰层受热不均匀，这很像陆地上的地震。"

突然，一声雷霆般尖利的巨响插进这低沉的隆隆声中，我们后面看海的人们欢呼起来。我看到海面上裂开一道长缝，其开裂速度之快如同广阔的冰原上突然出现的一道黑色的闪电。接着在不断的巨响中，这样的裂缝一条接一条地在海冰上出现，海水从所有的裂缝中喷出，在冰原上形成一条条迅速扩散的急流……

回家的路上，我们看到荒芜已久的大地上，野草在大片大片地钻出地面，各种花朵在怒放，嫩叶给枯死的森林披上绿装……所有的生命都在抓紧时间发泄着活力。

随着地球和太阳的距离越来越近，人们的心也一天天揪紧了。到地面上来欣赏春色的人越来越少，大部分人都深深地躲进了地下城中，这不是为了躲避即将到来的酷热、暴雨和飓风，而是躲避那随着太阳越来越近的恐惧。有一天我睡下后，听到妈妈低声对爸爸说："可能真的来不及了。"

爸爸说："前四个近日点时也有这种谣言。"

"可这次是真的，我是从钱德勒博士夫人口中听说的，她丈夫是航行委员会的那个天文学家，你们都知道他的。他亲口告诉她已观测到氦的聚集在加速。"

"你听着，亲爱的，我们必须抱有希望，这并不是因为希望真的存在，而是因为我们要做高贵的人。在前太阳时代，做一个高贵的人必须拥有金钱、权力或才能，而在今天只要拥有希望，希望是这个时代的黄金和宝石，不管活多长，我们都要拥有它！明天把这话告诉孩子。"

和所有的人一样，我也随着近日点的到来而心神不定。有一天放学后，我不知不觉走到了城市中心广场，在广场中央有喷泉的圆形水池边呆立着，时而低头看着蓝莹莹的池水，时而抬头望着广场圆形穹顶上梦幻般的光波纹，那是池水反射上去的。这时我看到了灵儿，她拿着一个小瓶子和一根小管儿，在吹肥皂泡。每吹出一串，她都呆呆地盯着空中飘浮的泡泡，看着它们一个个消失，然后再吹出一串……

"都这么大了还玩这个，这好玩吗？"我走过去问她。

灵儿见了我以后喜出望外，"我们俩去旅行吧！"

"旅行？去哪？"

"当然是地面啦！"她挥手在空中划了一下，从手腕上的计算机甩出一幅全息景象，显示出一个落日下的海滩，微风吹拂着棕榈树，道道白浪，金黄的沙滩上有一对对的情侣，他们在铺满碎金的海面前呈一对对黑色的剪影。"这是梦娜和大刚发回来的，他们俩现在还满世界转呢，他们说外面现在还不太热，外面可好呢，我们去吧！"

"他们因为旷课刚被学校开除了。"

"哼，你根本不是怕这个，你是怕太阳！"

"你不怕吗？别忘了你因为怕太阳还看过精神病医生呢。"

"可我现在不一样了，我受到了启示！你看。"灵儿用小管儿吹出了一串肥皂泡，"盯着它看！"她用手指着一个肥皂泡说。

我盯着那个泡泡，看到它表面上光和色的狂澜，那狂澜以人的感觉无法把握的复杂和精细在涌动，好像那个泡泡知道自己生命的长度，疯狂地把自己渺如烟海的记忆中无数的梦幻和传奇向世界演绎。很快，光和色的狂澜在一次无声的爆炸中消失了，我看到了一小片似有似无的水汽，这水汽也只存在了半秒钟，然后什么都没有了，好像什么都没有存在过。

"看到了吗？地球就是宇宙中的一个小水泡，啪一下，什么都没了，有什么好怕的呢？"

"不是这样的，据计算，在氦闪发生时，地球被完全蒸发掉至少需要一百个小时。"

"这就是最可怕之处了！"灵儿大叫起来，"我们在这地下五百米，就像馅饼里的肉馅一样，先给慢慢烤熟了，再蒸发掉！"

一阵冷战传遍我的全身。

"但在地面就不一样了，那里的一切瞬间被蒸发，地面上的人就像那泡泡一样，啪一下……所以，氦闪时还是在地面上为好。"

不知为什么，我没同她去，她就同阿东去了，我以后再也没见到他们。

氦闪并没有发生，地球高速掠过了近日点，第六次向远日点升去，人们绷紧的神经松弛下来。由于地球自转已停止，在太阳轨道的这一面，亚洲大陆上的地球发动机正对它的运行方向，所以在通过近日点前都停了下来，只是偶尔做一些调整姿态的运行，我们这儿处于宁静而漫长的黑夜之中。美洲大陆上的发动机则全功率运行，那里成了火箭喷口的护圈。由于太阳这时也处于西半球，那儿的高温更是可怕，草木生烟。

地球的变轨加速就这样年复一年地进行着。每当地球向远日点升去时，人们的心也随着地球与太阳距离的日益拉长而放松；而当它在新的一年向太阳跌去时，人们的心一天天紧缩起来。每次到达近日点，社会上就谣言四起，说太阳氦闪就要在这时发生了；直到地球再次升向远日点，人们的恐惧才随着天空中渐渐变小的太阳平息下来，但又在酝酿着下一次的恐惧……人类的精神像在荡着一个宇宙秋千，更恰当地说，在经历着一场宇宙俄罗斯轮盘赌：升上远日点和跌向太阳的过程是在转动弹仓，掠过近日点时则是扣动扳机！每扣一次时的神经比上一次更紧张，我就是在这种交替的恐惧中度过了自己的少年时代。其实仔细想想，即使在远日点，地球也未脱离太阳氦闪的威力圈，如果那时太阳爆发，地球不是被汽化而是被慢慢液化，那种结果还真不如在近日点。

在逃逸时代，大灾难接踵而至。

由于地球发动机产生的加速度及运行轨道的改变，地核中铁镍核心的平衡被扰动，其影响穿过古腾堡不连续面，波及地幔，各个大陆地热逸出，火山横行，这对于人类的地下城市是致命的威胁。从第六次变轨周期后，在各大陆的地下城中，岩浆渗入灾难频繁发生。

那天警报响起来的时候，我正走在放学回家的路上，听到市政厅的广播："F112市全体市民注意，城市北部屏障已被地应力破坏，岩浆渗入！岩浆渗入！现在岩浆流已到达第四街区！公路出口被封死，全体市民到中心广场集合，通过升降梯向地面撤离。注意，撤离时按《危急法》第五条行事，强调一遍，撤离时按《危急法》第五条行事！"

我环视了一下四周迷宫般的通道，地下城现在看上去并没有什么异常。但我知道现在的危险：只有两条通向外部的地下公路，其中一条去年因加固屏障的需要已被堵死，如果剩下的这条也堵死了，就只有通过经竖井直通地面的升降梯逃命了。升降梯的载运量很小，要把这座地下城的三十六万人运出去需要很长时间。但也没有必要去争夺生存的机会，联合政府的《危急法》把一切都安排好了。

古代曾有过一个伦理学问题：当洪水到来时，一个只能救走一个人的男人，是去救他的父亲呢，还是去救他的儿子？在这个时代的人看来，提出这个问题很不可理解。

当我到达中心广场时，看到人们已按年龄排起了长长的队。最靠近电梯口的是由机器人保育员抱着的婴儿，然后是幼儿园的孩子，再往后是小学生……我排在队伍中间靠前的部分。爸爸现在在近地轨道值班，城里只有我和妈妈，我现在看不到妈妈，就顺着几公里长的队身往后跑，没跑多远就被士兵拦住了。我知道妈妈在最后一段，因为这个城市主要是学校集中地，家庭很少，她已经算年纪大的那批人了。

长队以让人心里着火的慢速度向前移动，三个小时后轮到我跨进升降木梯时，我心里一点都不轻松，因为这时在妈妈和生存之间，还隔着两万多名大学生呢！而我已闻到了浓烈的硫黄味……

我到地面两个半小时后，岩浆就在五百米深的地下吞没了整座城市。我心如刀绞地想象着妈妈最后的时刻：她同没能撤出的一万八千人一起，看着岩浆涌进市中心广场。那时已经停电，整个地下城只有岩浆那恐怖的暗红色光芒。广场那高大的白色穹顶在高温中渐渐变黑，所有的遇难者可能还没接触到岩浆，就被这上千度的高温夺去了生命。

但生活还在继续，这严酷恐惧的现实中，爱情仍不时闪现出迷人的火花。为了缓解人们的紧张情绪，在第十二次到达远日点时，联合政府居然恢复了中断达两个世纪的奥运会。我作为一名机动冰橇拉力赛的选手参加了奥运会，比赛是驾驶机动冰橇，从上海出发，从冰面上横穿封冻的太平洋，到达终点纽约。

发令枪响过之后，上百只雪橇在冰冻的海洋上以每小时二百公里左右的速度出发了。开始还有几只雪橇相伴，但两天后，他们或前或后，都消失在地平线之外。这时背后地球发动机的光芒已经看不到了，我正处于地球最黑的部分。在我眼中，世界就是由广阔的星空和向四面无限延伸的冰原组成的，这冰原似乎一直延伸到宇宙的尽头，或者它本身就是宇宙的尽头。而在无限的星空和无限的冰原组成的宇宙中，只有我一个人！雪崩般的孤独感压倒了我，我想哭。我拼命地赶路，名次已无关紧要，只是为了在这可怕的孤独感杀死我之前尽早地摆脱它，而那想象中的彼岸似乎根本就不存在。

就在这时，我看到天边出现了一个人影。近了些后，我发现那是一个姑娘，正站在她的雪橇旁，她的长发在冰原上的寒风中飘动着。你知道这时遇见一个姑娘意味着什么：我们的后半生由此决定了。她是日本人，叫山彬加代子。女子组比我们先出发十二个小时，她的雪橇卡在冰缝中，把一根滑杆卡断了。我一边帮她修雪橇，一边把自己刚才的感觉告诉她。

"您说得太对了，我也是那样的感觉！是的，好像整个宇宙中就只有你一个人！知道吗，我看到您从远方出现时，就像看到太阳升起一样耶！"

"那你为什么不叫救援飞机?"

"这是一场体现人类精神的比赛,要知道,流浪地球在宇宙中是叫不到救援的!"她挥动着小拳头,以日本人特有的执着说。

"不过现在总得叫了,我们都没有备用滑杆,你的雪橇修不好了。"

"那我们坐您的雪橇一起走好吗?如果您不在意名次的话。"

我当然不在意,于是我和加代子一起在冰冻的太平洋上走完了剩下的漫长路程。经过夏威夷后,我们看到了天边的曙光。在这被那个小小的太阳照亮的无际冰原上,我们向联合政府的民政部发去了结婚申请。

当我们到达纽约时,这个项目的裁判们早等得不耐烦,收摊走了。但有一个民政局的官员在等着我们,他向我们致以新婚的祝贺,然后开始履行他的职责:他挥手在空中划出一个全息图像,上面整齐地排列着几万个圆点,这是这几天全世界向联合政府登记结婚的数目。由于环境的严酷,法律规定每三对新婚配偶中只有一对有生育权,抽签决定。加代子对着半空中那几万个点犹豫了半天,点了中间的一个。当那个点变为绿色时,她高兴得跳了起来。但我的心中却不知是什么滋味,我的孩子出生在这个苦难的时代,是幸运还是不幸呢?那个官员倒是兴高采烈,他说每当一对儿"点绿"的时候他都十分高兴,他拿出了一瓶伏特加,我们三个轮着一人一口地喝着,都为人类的延续干杯。我们身后,遥远的太阳用它微弱的光芒给自由女神像镀上了一层金晖,对面,是已无人居住的曼哈顿的摩天大楼群，微弱的阳光把它们的影子长长地投在纽约港寂静的冰面上，醉意蒙眬的我，眼泪涌了出来。

地球，我的流浪地球啊！

分手前，官员递给我们一串钥匙，醉醺醺地说："这是你们在亚洲分到的房子，回家吧，哦，家多好啊！"

"有什么好的？"我漠然地说，"亚洲的地下城充满危险，你们在西半球当然体会不到。"

"我们马上也有你们体会不到的危险了，地球又要穿过小行星带，这次是西半球对着运行方向。"

"上几个变轨周期也经过小行星带，不是没什么大事吗？"

"那只是擦着小行星带的边缘走，太空舰队当然能应付，他们可以用激光和核弹把地球航线上的那些小石块都清除掉。但这次……你们没看新闻？这次地球要从小行星带正中穿过去！舰队只能对付那些大石块，唉……"

在回亚洲的飞机上，加代子问我："那些石块很大吗？"

我父亲现在就在太空舰队干那件工作，所以尽管政府为了避免惊慌照例封锁消息，我还是知道一些情况。我告诉加代子，那些石块大得像一座大山，五千万吨级的热核炸弹只能在上面打出一个小坑。"他们就要使用人类手中的威力最大的武器了！"我神秘地告诉加代子。

"你是说反物质炸弹？！"

"还能是什么？"

"太空舰队的巡航范围是多远？"

"现在他们力量有限，我爸说只有一百五十万公里左右。"

"啊，那我们能看到了！"

"最好别看。"

加代子还是看了,而且是没戴护目镜看的。反物质炸弹的第一次闪光是在我们起飞不久后从太空传来的,那时加代子正在欣赏飞机舷窗外空中的星星,这使她的双眼失明了一个多小时,以后的一个多月眼睛都红肿流泪。那真是让人心惊肉跳的时刻,反物质炸弹不断地击中小行星,湮灭的强光此起彼伏地在漆黑的太空中闪现,仿佛宇宙中有一群巨人围着地球用闪光灯疯狂拍照似的。

半小时后,我们看到了火流星,它们拖着长长的火尾划破长空,给人一种恐怖的美感。火流星越来越多,每一个在空中划过的距离越来越长。突然,机身在一声巨响中震颤了一下,紧接着又是连续的巨响和震颤。加代子惊叫着扑到我怀中,她显然以为飞机被流星击中了,这时舱里响起了机长的声音。

"请各位乘客不要惊慌,这是流星冲破音障产生的超音速爆音,请大家戴上耳机,否则您的听觉会受到永久的损害。由于飞行安全已无法保证,我们将在夏威夷紧急降落。"

这时我盯住了一个火流星,那个火球的体积比别的大出许多,我不相信它能在大气中烧完。果然,那火球疾驰过大半个天空,越来越小,但还是坠入了冰海。从万米高空看到,海面被击中的位置出现了一个小白点,那白点立刻扩散成一个白色的圆圈,圆圈迅速在海面扩大。

"那是浪吗?"加代子颤着声儿问我。

"是浪,上百米的浪。不过海封冻了,冰面会很快使它衰减的。"我自我安慰地说,不再看下面。

我们很快在檀香山降落,由当地政府安排去地下城。我们的汽车沿着海岸走，天空中布满了火流星，那些红发恶魔好像是从太空中的某一个点同时迸发出来的。一颗流星在距海岸不远处击中了海面，没有看到水柱，但水蒸气形成的白色蘑菇云高高地升起。涌浪从冰层下传到岸边，厚厚的冰层轰隆隆地破碎了，冰面显出了浪的形状，好像有一群柔软的巨兽在下面排着队游过。

"这块有多大？"我问那位来接应我们的官员。

"不超过五公斤，不会比你的脑袋大吧。不过刚接到通知，在北方八百公里的海面上，刚落下一颗二十吨左右的。"

这时他手腕上的通信机响了，他看了一眼后对司机说："来不及到204号门了，就近找个入口吧！"

汽车拐了个弯，在一个地下城入口前停了下来。我们下车后，看到入口外有几个士兵，他们都一动不动地盯着远方的一个方向，眼里充满了恐惧。我们都顺着他们的目光看去，在天海连线处，我们看到一层黑色的屏障，初一看好像是天边低低的云层，但那"云层"的高度太齐了，像一堵横在天边的长墙，再仔细看，墙头还镶着一线白边。

"那是什么呀？"加代子怯生生地问一个军官，得到的回答让我们毛发直竖。

"浪。"

地下城高大的铁门隆隆地关上了，约莫过了十分钟，我们感到从地面传来的低沉的声音，咕噜噜的，像一个巨人在地面打滚。我们面面相觑，大家都知道，百米高的巨浪正在滚过夏威夷，也将滚过各个大陆。但另一种震动更吓人，仿佛有一只巨拳从太空中不断地击打地球，在地下这震动并不大，只能隐约感到，但每一个震动都直达我们灵魂深处。这是流星在不断地击中地面。

我们的星球所遭到的残酷轰炸断断续续持续了一个星期。

当我们走出地下城时，加代子惊叫："天啊，天怎么是这样的！"

天空是灰色的，这是因为高层大气弥漫着小行星撞击陆地时产生的灰尘，星星和太阳都消失在这无际的灰色中，仿佛整个宇宙在下着一场大雾。地面上，滔天巨浪留下的海水还没来得及退去就封冻了，城市幸存的高楼形单影只地立在冰面上，挂着长长的冰凌柱。冰面上落了一层撞击尘，于是这个世界只剩下一种颜色：灰色。

我和加代子继续回亚洲的旅行。在飞机越过早已无意义的国际日期变更线时，我们见到了人类所见过的最黑的黑夜，飞机仿佛潜行在墨汁的海洋中。看着机舱外那没有一丝光线的世界，我们的心情也暗到了极点。

"什么时候到头儿呢？"加代子喃喃地说。我不知道她指的是这个旅程还是这充满苦难和灾难的生活，我现在觉得两者都没有尽头。是啊，即使地球航出了氦闪的威力圈，我们得以逃生，又怎么样呢？我们只是那漫长阶梯的最下一级，当我们的一百代重孙爬上阶梯的顶端，见到新生活的光明时，我们的骨头都变成灰了。我不敢想象未来的苦难和艰辛，更不敢想象要带着爱人和孩子走过这条看不到头的泥泞路，我累了，实在走不动了……就在我被悲伤和绝望窒息的时候，机舱里响起了一声女人的惊叫：

"啊！不！不能，亲爱的！！"

我循声看去,见那个女人正从旁边的一个男人手中夺下一支手枪,他刚才显然想把枪口凑到自己的太阳穴上。这人很瘦弱,目光呆滞地看着前方无限远处。女人把头埋在他膝上,嘤嘤地哭了起来。

"安静。"男人冷冷地说。

哭声消失了,只有飞机发动机的嗡嗡声在轻响,像不变的哀乐。在我的感觉中,飞机已粘在这巨大的黑暗中,一动不动,而整个宇宙,除了黑暗和飞机,什么都没有了。加代子紧紧钻进我怀里,浑身冰凉。

突然,机舱前部有一阵骚动,有人在兴奋地低语。我向窗外看去,发现飞机前方出现了一片朦胧的光亮,那光亮是蓝色的,没有形状,十分均匀地出现在前方弥漫着撞击尘的夜空中。

那是地球发动机的光芒。

西半球的地球发动机已被陨石击毁了三分之一,但损失比起航前的预测要少;东半球的地球发动机由于背向撞击面,完好无损。从功率上来说,它们是能使地球完成逃逸航行的。

在我眼中,前方朦胧的蓝光,如同从深海漫长的上浮后看到的海面的亮光,我的呼吸又顺畅起来。

我又听到那个女人的声音:"亲爱的,痛苦呀恐惧呀这些东西,也只有在活着时才能感觉到,死了,死了什么也没有了,那边只有黑暗。还是活着好,你说呢?"

那瘦弱的男人没有回答,他盯着前方的蓝光看,眼泪流了下来。我知道他能活下去了,只要那希望的蓝光还亮着,我们就都能活下去,我又想起了父亲关于希望的那些话。

一下飞机，我和加代子没有去我们在地下城中的新家，而是到设在地面的太空舰队基地去找父亲，但在基地，我只见到了追授他的一枚冰冷的勋章。这勋章是一名空军少将给我的，他告诉我，在清除地球航线上的小行星的行动中，一块被反物质炸弹炸出的小行星碎片击中了父亲的单座微型飞船。

"当时那个石块和飞船的相对速度有每秒一百公里，撞击使飞船座舱瞬间汽化了，他没有一点痛苦，我向您保证，没有一点痛苦。"将军说。

当地球又向太阳跌回去的时候，我和加代子又到地面上来看春天，但没有看到。世界仍是一片灰色，阴暗的天空下，大地上分布着由残留海水形成的一个个冰冻湖泊，见不到一点绿色。大气中的撞击尘挡住了阳光，使气温难以回升。甚至在近日点，海洋和大地都没有解冻，太阳呈一个朦胧的光晕，仿佛是撞击尘后面的一个幽灵。

三年以后，空中的撞击尘才有所消散，人类终于最后一次通过近日点，向远日点升去。在这个近日点，东半球的人有幸目睹了地球历史上最快的一次日出和日落。太阳从海平面上一跃而起，迅速划过长空，大地上万物的影子在很快地变换着角度，仿佛是无数根钟表的秒针。这也是地球上最短的一个白天，只有不到一个小时。当一小时后太阳跌入地平线，黑暗降临大地时，我感到一阵伤感。这转瞬即逝的一天，仿佛是对地球在太阳系四十五亿年进化史的一个短暂的总结。直到宇宙的末日，它不会再回来了。

"天黑了。"加代子忧伤地说。

"最长的一夜。"我说。东半球的这一夜将延续两千五百年，一百代人后，人马座的曙光才能再次照亮这个大陆。西半球也将面临最长的白天，但比这里的黑夜要短得多。在那里，太阳将很快升到天顶，然后一直静止在那个位置上渐渐变小，在半世纪内，它就会融入星群难以分辨了。

按照预定的航线，地球升向与木星的会合点。航行委员会的计划是：地球第十五圈的公转轨道是如此之扁，以至于它的远日点到达木星轨道，地球将与木星在几乎相撞的距离上擦身而过，在木星巨大引力的拉动下，地球将最终达到逃逸速度。

离开近日点后两个月，就能用肉眼看到木星了，它开始只是一个模糊的光点，但很快显出圆盘的形状，又过了一个月，木星在地球上空已有满月大小了，呈暗红色，能隐约看到上面的条纹。这时，十五年来一直垂直的地球发动机光柱中有一些开始摆动，地球在做会合前最后的姿态调整，木星渐渐沉到了地平线下。以后的三个多月，木星一直处在地球的另一面，我们看不到它，但知道两颗行星正在交会之中。

有一天我们突然被告知东半球也能看到木星了。于是人们纷纷从地下城中来到地面。当我走出城市的密封门来到地面时，发现开了十五年的地球发动机已经全部关闭了，我再次看到了星空，这表明同木星最后的交会正在进行。人们都在紧张地盯着西方的地平线，地平线上出现了一片暗红色的光，那光区渐渐扩大，伸延到整个地平线的宽度。我现在发现那暗红色的区域上方同漆黑的星空有一道整齐的边界，那边界呈弧形，那巨大的弧形从地平线的一端跨到了另一端，在缓缓升起，巨弧下的天空都变成了暗红色，仿佛一块同星空一样大小的暗红色幕布在把地球同整个宇宙隔开。当我回过神来时，不由倒吸一口冷气，那暗红色的幕布就是木星！我早就知道木星的体积是地球的一千三百倍，现在才真正感觉到它的巨大。这宇宙巨怪在整个地平线上升起时产生的那种恐惧和压抑感是难以用语言描述的，一名记者后来写道："不知是我身处噩梦中，还是这整个宇宙都是一个造物主巨大而变态的头脑中的噩梦！"木星恐怖地上升着，渐渐占据了半个天空。这时，我们可以清楚地看到它云层中的风暴，那风暴把云层搅动成让人迷茫的混乱线条，我知道那厚厚的云层下是沸腾的液氢和液氦的大洋。著名的大红斑出现了，这个在木星表面维持了几十万年的大旋涡大得可以吞下整个地球。这时木星已占满了整个天空，地球仿佛是浮在木星沸腾的暗红色云海上的一只气球！而木星的大红斑就处在天空正中，如一只红色的巨眼盯着我们的世界，大地笼罩在它那阴森的红光中……这时，谁都无法相信小小的地球能逃出这巨大怪物的引力场，从地面上看，地球甚至连成为木星的卫星都不可能，我们就要掉进那无边云海覆盖着的地狱中去了！但领航工程师们的计算是精确的，暗红色的迷乱的天空在缓缓移动着，不知过了多长时间，西方的天边露出了黑色的一角，那黑色迅速扩大，其中有星星在闪烁，地球正在冲出木星的引力魔掌。这时警报尖叫起来，木星产生的引力潮汐正在向内陆推进，后来得知，这次大潮百多米高的巨浪再次横扫了整个大陆。在跑进地下城的密封门时，我最后看了一眼仍占据半个天空的木星，发现木星的云海中有一道明显的划痕，后来知道，那是地球引力作用在木星表面的痕迹，我们的星球也在木星表面拉起了如山的液氢和液氦的巨浪。这时，木星巨大的引力正在把地球加速甩向外太空。

离开木星时,地球已达到了逃逸速度,它不再需要返回潜藏着死亡的太阳,向广漠的外太空飞去,漫长的流浪时代开始了。

就在木星暗红色的阴影下,我的儿子在地层深处出生了。

三　叛乱

离开木星后,亚洲大陆上一万多台地球发动机再次全功率开动,这一次它们要不停地运行五百年,不停地加速地球。这五百年中,发动机将把亚洲大陆上一半的山脉用作燃料消耗掉。

从四个多世纪死亡的恐惧中解脱出来,人们长出了一口气。但预料中的狂欢并没有出现,接下来发生的事情出乎所有人的想象。

在地下城的庆祝集会后,我一个人穿上密封服来到地面。童年时熟悉的群山已被超级挖掘机夷为平地,大地上只有裸露的岩石和坚硬的冻土,冻土上到处有白色的斑块,那是大海潮留下的盐渍。面前那座爷爷和爸爸度过了一生的曾有千万人口的大城市现在已是一片废墟,高楼钢筋外露的残骸在地球发动机光柱的蓝光中拖着长长的影子,好像是史前巨兽的化石……一次次的洪水和小行星的撞击已摧毁了地面上的一切,各大陆上的城市和植被都荡然无存,地球表面已变成火星一样的荒漠。

这一段时间,加代子心神不定。她常常扔下孩子不管,一个人开着飞行汽车出去旅行,回来后,只是说她去了西半球。最后,她拉我一起去了。

我们的飞行汽车以四倍音速飞行了两个小时,终于能够看到太阳了,它刚刚升出太平洋,这时看上去只有棒球大小,给冰封的洋面投下一片微弱的、冷冷的光芒。加代子把飞行汽车悬停在五千米的空中,然后从后面拿出了一个长长的东西,去掉封套后我看到那是一架天文望远镜,业余爱好者用的那种。加代子打开车窗,把望远镜对准太阳,让我看。

从有色镜片中我看到了放大几百倍的太阳,我甚至清楚地看到太阳表面的缓缓移动的明暗斑点,还有日球边缘隐隐约约的日珥。

加代子把望远镜同车内的计算机联起来,把一个太阳影像采集下来。然后,她又调出了另一个太阳图像,说:"这个是四个世纪前的太阳图像。"接着,计算机对两个图像进行比较。

"看到了吗?"加代子指着屏幕说,"它们的光度、像素排列、像素概率、层次统计等参数都完全一样!"

我摇摇头说:"这能说明什么?一架玩具望远镜,一个低级图像处理程序,加上你这个无知的外行……别自寻烦恼了,别信那些谣言!"

"你是个白痴。"她说着,收回望远镜,把飞行汽车向回开去。这时,在我们的上方和下方,我又远远地看到了几辆飞行汽车,同我们刚才一样悬在空中,从每辆车的车窗中都伸出一架望远镜对着太阳。

以后的几个月中,一个可怕的说法像野火一样在全世界蔓延。越来越多的人自发地用更大型更精密的仪器观测太阳。后来，一个民间组织向太阳发射了一组探测器，它们在三个月后穿过日球。探测器发回的数据最后证实了那个事实。

同四个世纪前相比，太阳没有任何变化。

现在，各大陆的地下城已成了一座座骚动的火山，局势一触即发。一天，按照联合政府的法令，我和加代子把儿子送进了养育中心。回家的路上我们俩都感到维系我们关系的唯一纽带已不存在了。走到市中心广场，我们看到有人在演讲，另一些人在演讲者周围向市民分发武器。

"公民们！地球被出卖了！人类被出卖了！！文明被出卖了！！！我们都是一个超级骗局的牺牲品！这个骗局之巨大之可怕，上帝都会为之休克！太阳还是原来的太阳，它不会爆发，过去、现在、将来都不会，它是永恒的象征！爆发的是联合政府中那些人阴险的野心！他们编造了这一切，只是为了建立他们的独裁帝国！他们毁了地球！他们毁了人类文明！！公民们，有良知的公民们！拿起武器，拯救我们的星球！拯救人类文明！！我们要推翻联合政府，控制地球发动机，把我们的星球从这寒冷的外太空开回原来的轨道！开回到我们的太阳温暖的怀抱中！！"

加代子默默地走上前去，从分发武器的人手中接过了一支冲锋枪，加入那些拿到武器的市民的队列中，她没有回头，同那支庞大的队列一起消失在地下城的迷雾里。我呆呆地站在那儿，手在衣袋中紧紧攥着父亲用生命和忠诚换来的那枚勋章，它的边角把我的手扎出了血……

三天后，叛乱在各个大陆同时爆发了。

叛军所到之处，人民群起响应，到现在，很少有人怀疑自己受骗了。但我加入了联合政府的军队，这并非由于对政府的坚信，而是我三代前辈都有过军旅生涯，他们在我心中种下了忠诚的种子，不论在什么情况下，背叛联合政府对我来说都是一件不可想象的事。

美洲、非洲、大洋洲和南极洲相继沦陷，联合政府收缩防线死守地球发动机所在的东亚和中亚。叛军很快对这里构成包围态势，他们对政府军占有压倒优势，之所以在相当长一段时间里攻势没有取得进展，完全是由于地球发动机。叛军不想毁掉地球发动机，所以在这一广阔的战区没有使用重武器，使得联合政府得以苟延残喘。这样双方相持了三个月，联合政府的十二个集团军相继临阵倒戈，中亚和东亚防线全线崩溃。两个月后，大势已去的联合政府连同不到十万军队在靠近海岸的地球发动机控制中心陷入重围。

我就是这残存军队中的一名少校。控制中心有一座中等城市大小，它的中心是地球驾驶室。我拖着一条被激光束烧焦的手臂，躺在控制中心的伤兵收容站里。就是在这儿，我得知加代子已在澳洲战役中阵亡。我和收容站里所有的人一样，整天喝得烂醉，对外面的战事全然不知，也不感兴趣。不知过了多久，听到有人在高声说话。

"知道你们为什么这样吗？你们在自责，在这场战争中，你们站到了反人类的一边，我也一样。"

我转头一看，发现讲话的人肩上有一颗将星，他接着说："没关系的，我们还有最后的机会拯救自己的灵魂。地球驾驶室距我们这儿只有三个街区，我们去占领它，把它交给外面理智的人类！我们为联合政府已尽到了责任，现在该为人类尽责任了!"

我用那只没受伤的手抽出手枪,随着这群突然狂热起来的受伤和没受伤的人,沿着钢铁的通道,向地球驾驶室冲去。出乎预料,一路上我们几乎没遇到抵抗,倒是有越来越多的人从错综复杂的钢铁通道的各个分支中加入我们。最后,我们来到了一扇巨大的门前,那钢铁大门高得望不到顶。它轰隆隆地打开了,我们冲进了地球驾驶室。

尽管以前无数次在电视中看到过,所有的人还是被驾驶室的宏伟震惊了。从视觉上看不出这里的大小,因为驾驶室淹没在一幅巨型全息图中。那是一幅太阳系的模拟图。整个图像实际就是一个向所有方向无限伸延的黑色空间,我们一进来,就悬浮在这空间之中。由于尽量反映真实的比例,太阳和行星都很小很小,小得像远方的萤火虫,但能分辨出来。以那遥远的代表太阳的光点为中心,一条醒目的红色螺旋线扩展开来,像广阔的黑色洋面上迅速扩散的红色波圈。这是地球的航线。在螺旋线最外面的一点上,航线变成明亮的绿色,那是地球还没有完成的路程。那条绿线从我们的头顶掠过,顺着看去,我们看到了灿烂的星海,绿线消失在星海的深处,我们看不到它的尽头。在这广漠的黑色的空间中,还飘浮着许多闪亮的灰尘,其中几个尘粒飘近,我发现那是一块块虚拟屏幕,上面翻滚着复杂的数字和曲线。

我看到了全人类瞩目的地球驾驶台,它好像是飘浮在黑色空间中的一个银白色的小行星,看到它我更难以把握这里的巨大——驾驶台本身就是一个广场,现在上面密密麻麻地站着五千多人,包括联合政府的主要成员、大部分负责实施地球航行计划的星际移民委员会的成员，和那些最后忠于政府的人。这时我听到最高执政官的声音在整个黑色空间响了起来。

"我们本来可以战斗到底的，但这可能导致地球发动机失控，这种情况一旦发生，过量聚变的物质将烧穿地球，或蒸发全部海洋，所以我们决定投降。我们理解所有的人，因为在已经进行了四十代人、还要延续一百代人的艰难奋斗中，永远保持理智确实是一个奢求。但也请所有的人记住我们，站在这里的这五千多人，这里有联合政府的最高执政官，也有普通的列兵，是我们把信念坚持到了最后。我们都知道自己看不到真理被证实的那一天，但如果人类得以延续万代，以后所有的人将在我们的墓前洒下自己的眼泪，这颗叫地球的行星，就是我们永恒的纪念碑！"

控制中心巨大的密封门隆隆开启，那五千多名最后的地球派一群群走了出来，在叛军的押送下向海岸走去。一路上两边挤满了人，所有人都冲他们吐唾沫，用冰块和石块砸他们。他们中有人密封服的面罩被砸裂了，外面零下一百多度的严寒使那些人的脸麻木了，但他们仍努力地走下去。我看到一个小女孩，举起一大块冰用尽全身力气狠命地向一个老者砸去，她那双眼睛透过面罩射出疯狂的怒火。

当我听到这五千人全部被判处死刑时，觉得太宽容了。难道仅仅一死吗？这一死就能偿清他们的罪恶吗？！能偿清他们用一个离奇变态的想象和骗局毁掉地球、毁掉人类文明的罪恶吗？他们应该死一万次！这时，我想起了那些做出太阳爆发预测的天体物理学家，那些设计和建造地球发动机的工程师，他们在一个世纪前就已作古，我现在真想把他们从坟墓中挖出来,让他们也死一万次。

真感谢死刑的执行者们,他们为这些罪犯找了一种好的死法:他们收走了被判死刑的每个人密封服上加热用的核能电池,然后把他们丢在大海的冰面上,让零下百度的严寒慢慢夺去他们的生命。

这些人类文明史上最险恶、最可耻的罪犯在冰海上站了黑压压的一片,岸上有十几万人在看着他们,十几万双牙齿咬得嘣嘣响,十几万双眼睛喷出和那个小女孩一样的怒火。

这时,所有的地球发动机都已关闭,壮丽的群星出现在冰原之上。

我能想象出严寒像无数把尖刀刺进他们的身体,他们的血液在凝固,生命从他们的体内一点点流走,这想象中的感觉变成一种快感,传遍我的全身。看到那些人在严寒的折磨中慢慢死去,岸上的人们快活起来,他们一起唱起了《我的太阳》。我唱着,眼睛看着星空的一个方向,在那个方向上,有一颗稍大些刚刚显出圆盘形状的星星发出黄色的光芒,那就是太阳。

啊,我的太阳,生命之母,万物之父,我的大神,我的上帝!还有什么比您更稳定,还有什么比您更永恒,我们这些渺小的,连灰尘都不如的碳基细菌,拥挤在围着您转的一粒小石头上,竟敢预言您的末日,我们怎么能蠢到这个程度?!

一个小时过去了,海面上那些反人类的罪犯虽然还全都站着,但已没有一个活人,他们的血液已被冻结了。

我的眼睛突然什么都看不见了,几秒钟后,视力渐渐恢复,冰原、海岸和岸上的人群又在眼前慢慢显影,最后完全清晰了，而且比刚才更清晰，因为这个世界现在笼罩在一片强烈的白光中，刚才我眼睛的失明正是由于这突然出现的强光的刺激。但星空没有重现，所有的星光都被这强光所淹没，仿佛整个宇宙都被强光融化了，这强光从太空中的一点迸发出来，那一点现在成了宇宙中心，那一点就在我刚才盯着的方向。

太阳氦闪爆发了。

《我的太阳》的合唱戛然而止，岸上的十几万人呆住了，似乎同海面上那些人一样，冻成了一片僵硬的岩石。

太阳最后一次把它的光和热洒向地球。地面上冻结的二氧化碳干冰首先汽化，腾起了一阵白色的蒸气；然后海冰表面也开始融化，受热不均的大海冰层发出惊天动地的巨响；渐渐地，照在地面上的光柔和起来，天空出现了微微的蓝色；后来，强烈的太阳风产生的极光在空中出现，苍穹中飘动着巨大的彩色光幕……

在这突然出现的灿烂阳光下，海面上最后的地球派们仍稳稳地站着，仿佛五千多尊雕像。

太阳爆发只持续了很短的时间，两个小时后强光开始急剧减弱，很快熄灭了。在太阳的位置上出现了一个暗红色球体，它的体积慢慢膨胀，最后从这里看它，已达到了在地球轨道上看到的太阳大小，那么它的实际体积已大到越出火星轨道，而水星、火星和金星这三颗地球的伙伴行星这时已在上亿度的辐射中化为一缕轻烟。但它已不是太阳，它不再发出光和热，看去如同贴在太空中的一张冰冷的红纸，它那暗红色的光芒似乎是周围星光的散射。这就是小质量恒星演化的最后归宿：红巨星。

五十亿年的壮丽生涯已成为飘逝的梦幻，太阳死了。

幸运的是，还有人活着。

四　流浪时代

当我回忆这一切时，半个世纪已过去了。二十年前，地球航出了冥王星轨道，航出了太阳系，在寒冷广漠的外太空继续着它孤独的航程。

最近一次去地面是十几年前的事了，那是儿子和儿媳陪我去的，儿媳是一个金发碧眼的姑娘，就要做母亲了。

到地面后，我首先注意到，虽然所有地球发动机仍全功率地运行，巨大的光柱却看不到了，这是因为地球大气已消失，等离子体的光芒没有散射的缘故。我看到地面上布满了奇怪的黄绿相间的半透明晶体块，这是固体氧氮，是已冻结的空气。有趣的是空气并没有均匀地冻结在地球表面，而是形成了小山丘似的不规则的隆起，在原来平滑的大海冰原上，这些半透明的小山形成了奇特的景观。银河系的星河纹丝不动地横过天穹，也像被冻结了，但星光很亮，看久了还刺眼呢。

地球发动机将不间断地开动五百年，到时地球将加速至光速的千分之五，然后地球将以这个速度滑行一千三百年，之后地球就走完了三分之二的航程，它将调转发动机的方向，开始长达五百年的减速，地球在航行两千四百年后到达比邻星，再过一百年时间，它将泊入这颗恒星的轨道，成为它的一颗卫星。

我知道已被忘却

流浪的航程太长太长
　　但那一时刻要叫我一声啊
　　当东方再次出现霞光
　　我知道已被忘却
　　起航的时代太远太远
　　但那一时刻要叫我一声啊
　　当人类又看到了蓝天
　　我知道已被忘却
　　太阳系的往事太久太久
　　但那一时刻要叫我们一声啊
　　当鲜花重新挂上枝头
　　……

　　每当听到这首歌，一股暖流就涌进我这年迈僵硬的身躯，我干涸的老眼又湿润了。我好像看到人马座三颗金色的太阳在地平线上依次升起，万物沐浴在它温暖的光芒中。固态的空气融化了，变成了碧蓝的天。两千多年前的种子从解冻的土层中复苏，大地绿了。我看到我的第一百代孙子孙女们在绿色的草原上欢笑，草原上有清澈的小溪，溪中有银色的小鱼……我看到了加代子，她从绿色的大地上向我跑来，年轻美丽，像个天使……

　　啊，地球，我的流浪地球……

2000年1月12日于娘子关

名师赏析

有一个成语，叫"杞人忧天"。说的是从前在杞国，有一个人整天担心天要塌下来，觉也睡不着，饭也吃不好。这个故事被用来比喻完全不必要的忧虑。但这个成语的结尾，就是科幻开始生长的地方。从某种意义上，所有的科幻作品都是"杞人忧天"，但这种忧虑不是没有根据的，也不是消极的，其目的是让人深思而有为。

《流浪地球》就是从"杞人忧天"开始的。地球面临来自太空的毁灭性灾难，这是有可能的，也是许多科幻作家热爱的题材。那刘慈欣和他们有什么不一样呢？他设计了一个前所未有的灾难应对方案：把整个地球做成一艘巨大的飞船，逃离即将爆发的太阳，逃向深空和未来。

如果从简单的功利的角度，这样做简直是疯狂。制造飞船来逃亡，不是更直接，更容易，成本也要小很多吗？这就是刘慈欣超越性的想象闪亮的地方。看完之后，你就会发现，这样做很有意义。他们带走的不仅是"无用"的泥土和岩石，还有心灵的家园。

带上她的眼睛

连续工作了两个多月,我实在累了,便请求主任给我两天假,出去短暂旅游一下散散心。主任答应了,条件是我再带一双眼睛去,我也答应了,于是他带我去拿眼睛。眼睛放在控制中心走廊尽头的一个小房间里,现在还剩下十几双。

主任递给我一双眼睛,指指前面的大屏幕,把眼睛的主人介绍给我,是一个好像刚毕业的小姑娘,呆呆地看着我。在肥大的太空服中,她更显得娇小,一副可怜兮兮的样子,显然刚刚体会到太空不是她在大学图书馆中想象的浪漫天堂,某些方面可能比地狱还稍差些。

"麻烦您了,真不好意思。"她连连向我鞠躬,这是我听到过的最轻柔的声音,我想象着这声音从外太空飘来,像一阵微风吹过轨道上那些庞大粗陋的钢结构,使它们立刻变得像橡皮泥一样软。

"一点都不,我很高兴有个伴儿的。你想去哪儿?"我豪爽地说。

"什么?您自己还没决定去哪儿?"她看上去很高兴。但我立刻感到两个异样的地方:其一,地面与外太空通信都有延时,即使在月球,延时也有两秒钟,小行星带延时更长,但她的回答几乎感觉不到延时,这就是说,她现在在近地轨道,那里回地面不用中转,费用和时间都不需多少,没必要托别人带眼睛去度假。其二是她身上的太空服,作为航天个人装备工程师,我觉得这种太空服很奇怪:在服装上看不到防辐射系统,放在她旁边的头盔的面罩上也没有强光防护系统;我还注意到,这套服装的隔热和冷却系统异常发达。

"她在哪个空间站?"我扭头问主任。

"先别问这个吧。"主任的脸色很阴沉。

"别问好吗?"屏幕上的她也说,还是那副让人心软的小可怜样儿。

"你不会是被关禁闭吧?"我开玩笑说,因为她所在的舱室十分窄小,显然是一个航行体的驾驶舱,各种复杂的导航系统此起彼伏地闪烁着,但没有窗子,也没有观察屏幕,只有一支在她头顶打转的失重的铅笔说明她是在太空中。听了我的话,她和主任似乎都愣了一下。我赶紧说:"好,我不问自己不该知道的事了,你还是决定我们去哪儿吧。"

这个决定对她很艰难,她的双手在太空服的手套里握在胸前,双眼半闭着,似乎是在决定生存还是死亡,或者认为地球在我们这次短暂的旅行后就要爆炸了。我不由笑出声来。

"哦,这对我来说不容易,您要是看过海伦·凯勒的《三天所见》的话,就能明白这多难了!"

"我们没有三天,只有两天。在时间上,这个时代的人都是穷光蛋。但比那个二十世纪盲人幸运的是,我和你的眼睛在三小时内可到达地球的任何一个地方。"

"那就去我们起航前去过的地方吧!"她告诉了我那个地

方，于是我带着她的眼睛去了。

草原

  这是高山与平原、草原与森林的交接处，距我工作的航天中心有两千多公里，乘电离层飞机用了十五分钟就到了这儿。面前的塔克拉玛干，经过几代人的努力，已由沙漠变成了草原，又经过几代强有力的人口控制，这儿再次变成了人迹罕至的地方。现在大草原从我面前一直延伸到天边，背后的天山覆盖着暗绿色的森林，几座山顶还有银色的雪冠。

  我掏出她的眼睛戴上。

  所谓眼睛就是一副传感眼镜，当你戴上它时，你所看到的一切图像由超高频信息波发射出去，可以被远方的另一个戴同样传感眼镜的人接收到，于是他就能看到你所看到的一切，就像你带着他的眼睛一样。

  现在，长年在月球和小行星带工作的人已有上百万，他们回地球度假的费用是惊人的，于是吝啬的宇航局就设计了这玩意儿，于是每个生活在外太空的宇航员在地球上都有了另一双眼睛，由这里真正能去度假的幸运儿带上这双眼睛，让身处外太空的那个思乡者分享他的快乐。这个小玩意儿开始被当作笑柄，但后来由于用它"度假"的人能得到可观的补助，竟流行开来。最尖端的技术被采用，这人造眼睛越做越精致，现在，它竟能通过采集戴着它的人的脑电波，把他（她）的触觉和味觉一同发射出去。多带一双眼睛去度假成了宇航系统地面工作人员从事的一项公益活动，由于度假中的隐私等原因，并不是每个人都乐意再带双眼睛，但我这次无所谓。

我对眼前的景色大发感叹，但从她的眼睛中，我听到了一阵轻轻的抽泣声。

"上次离开后，我常梦到这里，现在回到梦里来了！"她细细的声音从她的眼睛里传出来，"我现在就像从很深很深的水底冲出来呼吸到空气，我太怕封闭了。"

我从中真的听到她在做深呼吸。

我说："可你现在并不封闭，同你周围的太空比起来，这草原太小了。"

她沉默了，似乎连呼吸都停止了。

"啊，当然，太空中的人还是封闭的，二十世纪的一个叫耶格尔的飞行员曾有一句话，是描述飞船中的宇航员的，说他们像……"

"罐头中的肉。"

我们都笑了起来。她突然惊叫："呀，花儿，有花啊！上次我来时没有的！"是的，广阔的草原上到处点缀着星星点点的小花。"能近些看看那朵花吗？"我蹲下来看。"呀，真美耶！能闻闻她吗？不，别拔下她！"我只好半趴到地上闻，一缕淡淡的清香。"啊，我也闻到了，真像一首隐隐传来的小夜曲呢！"

我笑着摇摇头，这是一个闪电变幻疯狂追逐的时代，女孩子们都浮躁到了极点，像这样的见花落泪的林妹妹真是太少了。

"我们给这朵小花起个名字好吗？嗯……叫她梦梦吧。我们再看看那一朵好吗？她该叫什么呢？嗯，叫小雨吧。再到那

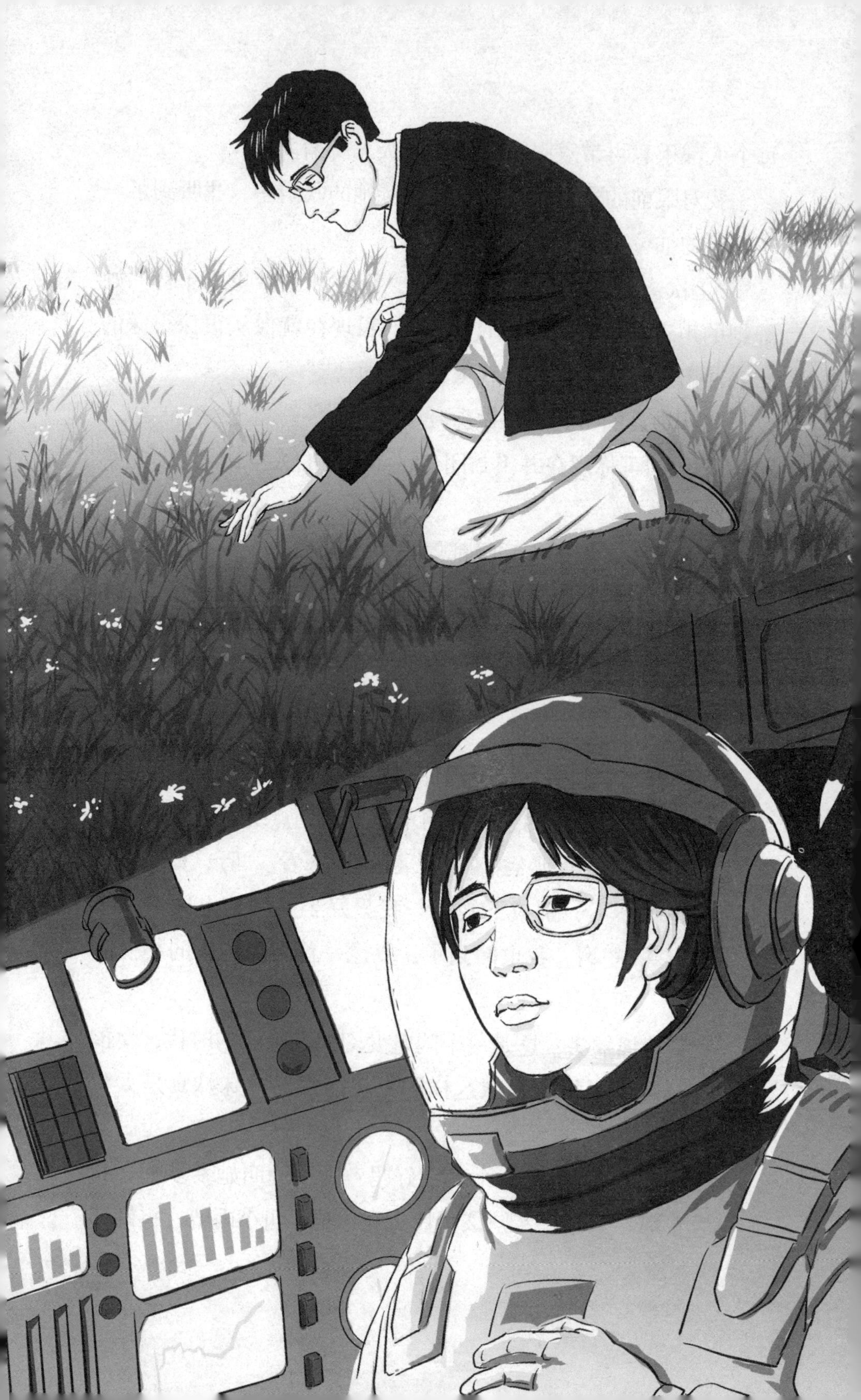

一朵那儿去，啊，谢谢，看她的淡蓝色，她的名字应该是月光……"

我们就这样一朵朵地看花，闻花，然后再给花起名字。她陶醉于其中，没完没了地进行下去，忘记了一切。我对这套小女孩的游戏实在厌烦了，到我坚持停止时，我们已给上百朵花起了名字。

一抬头，我发现已走出了好远，便回去拿丢在后面的背包，当我拾起草地上的背包时，又听到了她的惊叫："天啊，你把小雪踩住了！"我扶起那朵白色的野花，觉得很可笑，就用两只手各捂住一朵小花，问她："她们都叫什么？什么样儿？"

"左边那朵叫水晶，也是白色的，它的茎上有分开的三片叶儿；右边那朵叫火苗，粉红色，茎上有四片叶子，上面两片是单的，下面两片连在一起。"

她说的都对，我有些感动了。

"你看，我和她们都互相认识了，以后漫长的日子里，我会好多次一遍遍地想她们每一个的样儿，像背一本美丽的童话书。你那儿的世界真好！"

"我这儿的世界？要是你再这么孩子气地多愁善感下去，这也是你的世界了，那些挑剔的太空心理医生会让你永远待在地球上。"

我在草原上无目标地漫步，很快来到一条隐没在草丛中的小溪旁。我迈过去继续向前走，她叫住了我，说："我真想把手伸到小河里。"我蹲下来把手伸进溪水，一股清凉流遍全身，她的眼睛用超高频信息波把这感觉传给远在太空中的她，我又听到了她的感叹。

"你那儿很热吧？"我想起了她那窄小的控制舱和隔热系统异常发达的太空服。

"热，热得像……地狱。呀，天啊，这是什么？草原的风？！"这时我刚把手从水中拿出来，微风吹在湿手上凉丝丝的，"不，别动，这真是天国的风呀！"

我把双手举在草原的微风中，直到手被吹干。然后应她的要求，我又把手在溪水中打湿，再举到风中把天国的感觉传给她。我们就这样又消磨了很长时间。

再次上路后，沉默地走了一段，她又轻轻地说："你那儿的世界真好。"

我说："我不知道，灰色的生活把我这方面的感觉都磨钝了。"

"怎么会呢？！这世界能给人多少感觉啊！谁要能说清这些感觉，就如同说清大雷雨有多少雨点一样。看天边那大团的白云，银白银白的，我这时觉得它们好像是固态的，像发光玉石构成的高山。下面的草原，这时倒像是气态的，好像所有的绿草都飞离了大地，成了一片绿色的云海。看！当那片云遮住太阳又飘开时，草原上光和影的变幻是多么气势磅礴啊！看看这些，你真的感受不到什么吗？"

……

我带着她的眼睛在草原上转了一天，她渴望地看草原上的每一朵野花，每一棵小草，看草丛中跃动的每一缕阳光，渴望地听草原上的每一种声音。一条突然出现的小溪，小溪中的一条小鱼，都会令她激动不已；一阵不期而至的微风，风中一缕绿草的清香都会让她落泪……我感到，她对这个世界的情感已丰富到病态的程度。

日落前，我走到了草原中一间孤零零的白色小屋，那是为旅游者准备的一间小旅店，似乎好久没人光顾了，只有一个迟钝的老式机器人照看着旅店里的一切。我又累又饿，可晚饭只吃到一半，她又提议我们立刻去看日落。

"看着晚霞渐渐消失，夜幕慢慢降临森林，就像在听一首宇宙间最美的交响曲。"她陶醉地说。我暗暗叫苦，但还是拖着沉重的双腿去了。

草原的落日确实很美，但她对这种美倾泻的情感使这一切有了一种异样的色彩。

"你很珍视这些平凡的东西。"回去的路上我对她说，这时夜色已很重，星星已在夜空中出现。

"你为什么不呢，这才像在生活。"她说。

"我，还有其他的大部分人，不可能做到这样。在这个时代，得到太容易了。物质的东西自不必说，蓝天绿水的优美环境、乡村和孤岛的宁静等等都可以毫不费力地得到；甚至以前人们认为最难寻觅的爱情，在虚拟现实网上至少也可以暂时体会到。所以人们不再珍视什么了，面对着一大堆伸手可得的水果，他们把拿起的每一个咬一口就扔掉。"

"但也有人面前没有这些水果。"她低声说。

我感觉自己刺痛了她，但不知为什么。回去的路上，我们都没再说话。

这天夜里的梦境中，我看到了她，穿着太空服在那间小控制舱中，眼里含泪，向我伸出手来喊："快带我出去，我怕封闭！"我惊醒了，发现她真在喊我，我是戴着她的眼睛仰躺着睡的。

"请带我出去好吗？我们去看月亮，月亮该升起来了！"

我脑袋发沉，迷迷糊糊很不情愿地起了床。到外面后发现月亮真的刚升起来，草原上的夜雾使它有些发红。月光下的草原也在沉睡，有无数点萤火虫的幽光在朦朦胧胧的草海上浮动，仿佛是草原的梦在显形。

我伸了个懒腰，对着夜空说："喂，你是不是从轨道上看到月光照到这里？告诉我你的飞船的大概方位，说不定我还能看到呢，我肯定它是在近地轨道上。"

她没有回答我的话，而是自己轻轻哼起了一首曲子，一小段旋律过后，她说："这是德彪西的《月光》。"又接着哼下去，陶醉于其中，完全忘记了我的存在。《月光》的旋律同月光一起从太空降落到草原上。我想象着太空中的那个娇弱的女孩，她的上方是银色的月球，下面是蓝色的地球，小小的她从中间飞过，把音乐融入月光……

直到一个小时后我回去躺到床上，她还在哼着音乐，是不是德彪西的我就不知道了，那轻柔的乐声一直在我的梦中飘荡着。

不知过了多久，音乐变成了呼唤，她又叫醒了我，还要出去。

"你不是看过月亮了吗？！"我生气地说。

"可现在不一样了。记得吗，刚才西边有云的，现在那些云可能飘过来了，现在月亮正在云中时隐时现呢。想想草原上的光和影，多美啊，那是另一种音乐了，求你带我的眼睛出去吧！"

我十分恼火,但还是出去了。云真的飘过来了,月亮在云中穿行,草原上大块的光斑在缓缓浮动,如同大地深处浮现的远古的记忆。

"你像是来自十八世纪的多愁善感的诗人,完全不适合这个时代,更不适合当宇航员。"我对着夜空说,然后摘下她的眼睛,挂到旁边一棵红柳的枝上,"你自己看月亮吧,我真的得睡觉去了,明天还要赶回航天中心,继续我那毫无诗意的生活呢。"

她的眼睛中传出了她细细的声音,我听不清说什么,径自回去了。

我醒来时天已大亮,阴云已布满了天空,草原笼罩在蒙蒙的小雨中。她的眼睛仍挂在红柳枝上,镜片上蒙上了一层水雾。我小心地擦干镜片,戴上它。原以为她看了一夜月亮,现在还在睡觉,却从眼睛中听到了她低低的抽泣声,我的心一下子软下来。

"真对不起,我昨天晚上实在太累了。"

"不,不是因为你,呜呜,天从三点半就阴了,五点多又下起雨……"

"你一夜都没睡?!"

"……呜呜,下起雨,我,我看不到日出了,我好想看草原的日出,呜呜,好想看的,呜……"

我的心像是被什么东西融化了,脑海中出现她眼泪汪汪,小鼻子一抽一抽的样儿,眼睛竟有些湿润。不得不承认,在过去的一天一夜里,她教会了我某种东西,一种说不清的东西,像月夜中草原上的光影一样朦胧,由于它,以后我眼中的世界与以前会有些不同的。

"草原上总还会有日出的,以后我一定会再带你的眼睛来,或者,带你本人来看,好吗?"

她不哭了,突然,她低声说:

"听……"

我没听见什么,但紧张起来。

"这是今天的第一声鸟叫,雨中也有鸟呢!"她激动地说,那口气如同听到世纪钟声一样庄严。

落日六号

又回到了灰色的生活和忙碌的工作中,以上的经历很快就淡忘了。很长时间后,当我想起洗那些那次旅行时穿的衣服时,在裤脚上发现了两三颗草籽。同时,在我的意识深处,也有一颗小小的种子留了下来。在我孤独寂寞的精神沙漠中,那颗种子已长出了令人难以察觉的绿芽。虽然是无意识的,当一天的劳累结束后,我已能感觉到晚风吹到脸上时那淡淡的诗意,鸟儿的鸣叫已能引起我的注意,我甚至黄昏时站在天桥上,看着夜幕降临城市……世界在我的眼中仍是灰色的,但星星点点的嫩绿在其中出现,并在增多。当这种变化发展到让我觉察出来时,我又想起了她。

也是无意识的,在闲暇时甚至睡梦中,她身处的环境常在我的脑海中出现,那封闭窄小的控制舱,奇怪的隔热太空服……后来这些东西在我的意识中都隐去了,只有一样东西凸现出来,这就是那在她头顶上旋转的失重的铅笔,不知为什么,一闭上眼睛,这支铅笔总在我的眼前飘浮。终于有一天,上班时我走进航天中心高大的门厅,一幅见过无数次的巨大壁画把我吸引住了,壁画上是从太空中拍摄的蔚蓝色的地球。那支飘浮的铅笔又在我的眼前出现了,同壁画叠印在一起,我又听到了她的声音:"我怕封闭……"一道闪电在我的脑海里出现。

除了太空,还有一个地方会失重!!

我发疯似的跑上楼,猛砸主任办公室的门。他不在,我心有灵犀地知道他在哪儿,就飞跑到存放眼睛的那个小房间,他果然在里面,看着大屏幕。她在大屏幕上,还在那个封闭的控制舱中,穿着那件"太空服",画面凝固着,是以前录下来的。"是为了她来的吧。"主任说,眼睛还看着屏幕。

"她到底在哪儿?!"我大声问。

"你可能已经猜到了,她是'落日六号'的领航员。"

一切都明白了,我无力地跌坐在地毯上。

"落日工程"原计划发射十艘飞船,它们是"落日一号"到"落日十号",但计划由于"落日六号"的失事而中断了。"落日工程"是一次标准的探险航行,它的航行程序同航天中心的其他航行几乎一样。

唯一不同的是,"落日"飞船不是飞向太空,而是潜入地球深处。

第一次太空飞行一个半世纪后,人类开始了向相反方向的探险,"落日"系列地航飞船就是这种探险的首次尝试。

四年前,我在电视中看到过"落日一号"发射时的情景。那时正是深夜,吐鲁番盆地的中央出现了一个如太阳般耀眼的火球,火球的光芒使新疆夜空中的云层变成了绚丽的朝霞。当火球暗下来时,"落日一号"已潜入地层。大地被烧红了一大片,这片圆形的发着红光的区域中央,是一个岩浆的湖泊,白热化的岩浆沸腾着,激起一根根雪亮的浪柱……那一夜,远至乌鲁木齐,都能感到飞船穿过地层时传到大地上的微微震动。

"落日工程"的前五艘飞船都成功地完成了地层航行,安全返回地面。其中"落日五号"创造了迄今为止人类在地层中航行深度的纪录:海平面下三千一百公里。"落日六号"不打算突破这个纪录。因为据地球物理学家的结论,在地层三千四百至三千五百公里深处,存在着地幔和地核的交界面,学术上把它叫作"古腾堡不连续面",一旦通过这个交界面,便进入地球的液态铁镍核心,那里物质密度骤然增大,"落日六号"的设计强度是不允许在如此大的密度中航行的。

"落日六号"的航行开始很顺利,飞船只用了两个小时便穿过了地表和地幔的交界面——莫霍不连续面,并在大陆板块漂移的滑动面上停留了五个小时,然后开始了在地幔中三千多公里的漫长航行。宇宙航行是寂寞的,但宇航员们能看到无限的太空和壮丽的星群;而地航飞船上的地航员们,只能凭感觉触摸飞船周围不断向上移去的高密度物质。从飞船上的全息后视电视中能看到这样的情景:炽热的岩浆刺目地闪亮着,翻滚着,随着飞船的下潜,在船尾飞快地合拢起来,瞬间充满了飞船通过的空间。有一名地航员回忆:他们一闭上眼睛,就看到了飞快合拢并压下来的岩浆,这个幻象使航行者意识到压在他们上方那巨量的并不断增厚的物质,一种地面上的人难以理解的压抑感折磨着地航飞船中的每一个人,他们都受到这种封闭恐惧症的袭击。

"落日六号"出色地完成着航行中的各项研究工作。飞船的速度大约是每小时十五公里，飞船需要航行二十小时才能到达预定深度。但在飞船航行十五小时四十分钟时，警报出现了。从地层雷达的探测中得知，航行区的物质密度由每立方厘米 6.3 克猛增到 9.5 克，物质成分由硅酸盐类突然变为以铁镍为主的金属，物质状态也由固态变为液态。尽管"落日六号"当时只到达了两千五百公里的深度，目前所有的迹象却冷酷地表明，他们闯入了地核！后来得知，这是地幔中一条通向地核的裂隙，地核中的高压液态铁镍充满了这条裂隙，使得在"落日六号"的航线上，古腾堡不连续面向上延伸了近一千公里！飞船立刻紧急转向，企图冲出这条裂隙，不幸就在这时发生了：由中子材料制造的船体顶住了突然增加到每平方厘米一千六百吨的巨大压力，但是，飞船分为前部烧熔发动机、中部主舱和后部推进发动机三大部分，当飞船在远大于设计密度和设计压力的液态铁镍中转向时，烧熔发动机与主舱结合部断裂，从"落日六号"用中微子通信发回的画面中我们看到，已与船体分离的烧熔发动机在一瞬间被发着暗红光的液态铁镍吞没了。地航飞船的烧熔发动机用超高温射流为飞船切开航行方向的物质，没有它，只剩下一台推进发动机的"落日六号"在地层中是寸步难行的。地核的密度很惊人，但构成飞船的中子材料密度更大，液态铁镍对飞船产生的浮力小于它的自重，于是，"落日六号"便向地心沉下去。

人类登月后，用了一个半世纪才有能力航行到土星。在地层探险方面，人类也要用同样的时间才有能力从地幔航行到地核。现在的地航飞船误入地核，就如同二十世纪中期的登月飞船偏离月球迷失于外太空，获救的希望是丝毫不存在的。

好在"落日六号"主舱的船体是可靠的，船上的中微子通信系统仍和地面控制中心保持着完好的联系。以后的一年中，"落日六号"航行组坚持工作，把从地核中得到的大量宝贵资料发送到地面。他们被裹在几千公里厚的物质中，这里别说空气和生命，连空间都没有，周围是温度高达五千度，压力可以把碳在一秒钟内变成金刚石的液态铁镍！它们密密地挤在"落日六号"的周围，密得只有中微子才能穿过，"落日六号"是处于一个巨大的炼钢炉中！在这样的世界里，《神曲》中的《地狱篇》像是在描写天堂了；在这样的世界里，生命算什么？仅仅能用脆弱来描写它吗？

沉重的心理压力像毒蛇一样撕裂着"落日六号"地航员们的神经。一天，船上的地质工程师从睡梦中突然跃起，竟打开了他所在的密封舱的绝热门！虽然这只是四道绝热门中的第一道，但瞬间涌入的热浪立刻把他烧成了一段木炭。指令长在一个密封舱飞快地关上了绝热门，避免了"落日六号"的彻底毁灭。他自己被严重烧伤，在写完最后一页航行日志后死去了。

从那以后，在这个星球的最深处，在"落日六号"上，只剩下她一个人了。

现在，"落日六号"内部已完全处于失重状态，飞船已下沉到六千八百公里深处，那里是地球的最深处，她是第一个到达地心的人。

她在地心的世界是那个活动范围不到十平方米的闷热的控制舱。飞船上有一个中微子传感眼镜，这个装置使她同地面世界多少保持着一些感性的联系。但这种如同生命线的联系不能长时间延续下去，飞船里中微子通信设备的能量很快就要耗尽，现有的能量已不能维持传感眼镜的超高速数据传输，这种联系在三个月前就中断了，具体时间是在我从草原返回航天中心的飞机上，当时我已把她的眼睛摘下来放到旅行包中。

那个没有日出的细雨蒙蒙的草原早晨，竟是她最后看到的地面世界。

后来"落日六号"同地面只能保持着语音和数据通信，而这个联系也在一天深夜中断了，她被永远孤独地封闭于地心中。

"落日六号"的中子材料外壳足以抵抗地心的巨大压力，而飞船上的生命循环系统还可以运行五十至八十年，她将在这不到十平方米的地心世界里度过自己的余生。

我不敢想象她同地面世界最后告别的情形，但主任让我听的录音出乎我的意料。这时来自地心的中微子波束已很弱，她的声音时断时续，但这声音很平静。

"……你们发来的最后一份补充建议已经收到，今后，我会按照整个研究计划努力工作的。将来，可能是几代人以后吧，也许会有地心飞船找到'落日六号'并同它对接，有人会再次进入这里，但愿那时我留下的资料会有用。请你们放心，我会在这里安排好自己的生活。我现在已适应这里，不再觉得狭窄和封闭了，整个世界都围着我呀，我闭上眼睛就能看见上面的大草原，还可以清楚地看见每一朵我起了名字的小花呢。再见。"

透明地球

在以后的岁月中，我到过很多地方，每到一处，我都喜欢躺在那里的大地上。我曾经躺在海南岛的海滩上、阿拉斯加的冰雪上、俄罗斯的白桦林中、撒哈拉烫人的沙漠上……每到那个时刻，地球在我脑海中就变得透明了，在我下面六千多公里深处，在这巨大的水晶球中心，我看到了停泊在那里的"落日六号"地航飞船，感受到了从几千公里深的地球中心传出的她的心跳。我想象着金色的阳光和银色的月光透射到这个星球的中心，我听到了那里传出的她吟唱的《月光》，还听到她那轻柔的话音：

"……多美啊，这又是另一种音乐了……"

有一个想法安慰着我：不管走到天涯海角，我离她都不会再远了。

名师赏析

毕加索有一句名言："只有当别人向我们展示怎样用不一样的眼睛看东西的时候，我们才能真正看见它们。"

《带上她的眼睛》可以看成是对这句话的一种科幻式的展开。这篇小说发表于1999年，其中的虚拟现实技术在今天已经开始走进千家万户，显示出科幻文学对于未来的预言能力。昨日之想象，正在变成今日的现实。但这里的关键不仅仅是技术。刘慈欣讲的是我们怎样看世界，技术又怎样改变我们看世界的方式，以及在这过程中人与人建立的情感连接。作品中描写了一些平凡的景物：一片草原、一些野花、一条小溪、一段德彪西的音乐……也许我们在日常生活中都不会那么珍惜，甚至视而不见。可是，当你用科幻的方式，在一种科幻的场景下，用别人的眼睛来看的时候，也许你就能看见那些平凡的事物全新的意义。

中国太阳

水娃从娘颤颤的手中接过那个小小的包裹，包裹中有娘做的一双厚底布鞋，三个馍，两件打了大块补丁的衣裳，二十块钱。爹蹲在路边，闷闷地抽着旱烟锅。

"娃要出门了，你就不能给个好脸？"娘对爹说，爹仍蹲在那儿，还是闷闷的一声不吭，娘又说，"不让娃出去，你能出钱给他盖房娶媳妇啊？！"

"走！东一个西一个都走了，养他们还不如养窝狗！"爹干号着说，头也不抬。

水娃抬头看看自己出生和长大的村庄，这处于永恒干旱中的村庄，只靠着水窖中积下的一点雨水过活。水娃家没钱修水泥窖，还是用的土水窖，那水一到大热天就臭了。往年，这臭水热开了还能喝，就是苦点儿涩点儿，但今年夏天，那水热开了喝都拉肚子，听附近部队上的医生说，是地里什么有毒的石头溶进水里了。

水娃又低头看了爹一眼，转身走去，没有再回头。他不指望爹抬头看他一眼，爹心里难受时就那么蹲着抽闷烟，一蹲能蹲几个小时，仿佛变成了黄土地上的一大块土坷垃。但他分明又看到了爹的脸，或者说，他就走在爹的脸上，看周围这广阔的西北土地，干干的黄褐色，布满了水土流失刻出的裂纹，不就是一张老农的脸吗？这里的什么都是这样，树、地、房子、人，黑黄黑黄，皱巴巴的。他看不到这张伸向天边的巨脸的眼睛，但能感觉到它的存在，那双巨眼在望着天空，年轻时那目光充满着对雨的企盼，年老时就只剩呆滞了。其实这张巨脸一直是呆滞的，他不相信这块土地还有过年轻的时候。

一阵干风吹过，前面这条出村的小路淹没于黄尘中，水娃沿着这条路走去，迈出了他新生活的第一步。

这条路，将通向一个他做梦都想不到的地方。

人生第一个目标：喝点不苦的水，挣点钱

"哟，这么些个灯！"

水娃到矿区时天已黑了，这个矿区是由许多私开的小窑煤矿组成的。

"这算啥？城里的灯那才叫多哩。"来接他的国强说，国强也是水娃村里的，出来好多年了。

水娃随国强来到工棚住下，吃饭时喝的水居然是甜丝丝的！国强告诉他，矿上打的是深井，水当然不苦了，但他又加了一句："城里的水才叫好喝呢！"

睡觉时国强递给水娃一包硬邦邦的东西当枕头，打开看，是黑塑料皮包着的一根根圆棒棒，再打开塑料皮，看到那棒棒黄黄的，像肥皂。

"炸药。"国强说，翻身呼呼睡着了。水娃看到他也枕着这东西，床底下还放着一大堆，头顶上吊着一大把雷管。后来水

娃知道，这些东西足够把他的村子一锅端了！——国强是矿上的放炮工。

矿上的活儿很苦很累，水娃前后干过挖煤、推车、打支柱等活计，每样一天下来都把人累得要死。但水娃就是吃苦长大的，他倒不怕活儿重，他怕的是井下那环境，人像钻进了黑黑的蚂蚁窝，开始真像做噩梦，但后来也惯了。工钱是计件算的，每月能挣一百五，好的时候能挣到二百出头，水娃觉得很满足了。

但最让水娃满足的还是这里的水。第一天下工后，浑身黑得像块炭，他跟着工友们去洗澡。到了那里后，看到人们用脸盆从一个大池子中舀出水来，从头到脚浇下来，地下流淌着一条条黑色的小溪。当时他就看呆了，妈妈呀，哪有这么用水的，这可都是甜水啊！因为有了甜水，这个黑乎乎的世界在水娃眼中变得美丽无比。

但国强一直鼓动水娃进城，国强以前就在城里打过工，因为偷建筑工地的东西被当作盲流遣送回原籍。他向水娃保证，城里肯定比这里挣得多，也不像这样累死累活的。

就在水娃犹豫不决时，国强在井下出了事。那天他排哑炮时炮炸了，从井下抬上来时浑身嵌满了碎石，死前他对水娃说了一句话：

"进城去，那里灯更多……"

人生第二个目标：到灯更多水更甜的城里，挣更多的钱

"这里的夜像白天一样呀！"

水娃惊叹说。国强说得没错,城里的灯真真是多多了。现在,他正同二宝一起,一人背着一个擦鞋箱,沿着省会城市的主要大街向火车站走去。二宝是水娃邻村人,以前曾和国强一起在省城里干过,按照国强以前给的地址,水娃费了好大的劲才找到他,他现在已不在建筑工地干,而是干起擦皮鞋来。水娃找到他时,与他同住的一个同行正好有事回家了,他就简单地教了水娃几下子,然后让水娃背上那套家伙同他一起去。

水娃对这活计没有什么信心,他一路上寻思,要是修鞋还差不多,擦鞋?谁花一块钱擦一次鞋(要是鞋油好些得三块),这人准有毛病。但在火车站前,他们摊还没摆好,生意就来了。这一晚上到十一点,水娃竟挣了十四块!但在回去的路上二宝一脸晦气,说今天生意不好,言下之意显然是水娃抢了他的买卖。

"窗户下那些个大铁箱子是啥?"水娃指着前面的一座楼问。

"空调,那屋里现在跟开春儿似的。"

"城里真好!"水娃抹了一把脸上的汗说。

"在这儿只要吃得苦,赚碗饭吃很容易的,但要想成家立业可就没门儿啰。"二宝说着用下巴指了指那幢楼,"买套房,两三千一平方米呢!"

水娃傻傻地问:"平方米是啥?"

二宝轻蔑地晃晃头,不屑理他。

水娃和十几个人住在一间同租的简易房中,这些人大都是进城打工的和做小买卖的农民,但在大通铺上位置紧挨着水娃的却是个城里人，不过不是这个城市的。在这里时他和大家都差不多，吃的和他们一样，晚上也是光膀子在外面乘凉。但每天早晨，他都西装革履地打扮起来，走出门去像换了一个人，真给人鸡窝里飞出金凤凰的感觉。这人姓陆名海，大伙倒是都不讨厌他，这主要是因为他带来的一样东西。那东西在水娃看来就是一把大伞，但那伞是用镜子做的，里面光亮亮的，把伞倒放在太阳地里，在伞把头上的一个托架上放一锅水，那锅底被照得晃眼，锅里的水很快就开了，水娃后来知道这叫太阳灶。大伙用这东西做饭烧水，省了不少钱，可没太阳时不能用。

这把叫太阳灶的大伞没有伞骨，就那么薄薄的一片。水娃最迷惑的时候就是看陆海收伞：这伞上伸出一根细细的电线一直通到屋里，收伞时陆海进屋拔下电线的插销，那伞就"卟"的一下摊到地上，变成了一块银色的布。水娃拿起布仔细看，它柔软光滑，轻得几乎感觉不到分量，表面映着自己变形的怪像，还变幻着肥皂泡表面的那种彩纹，一松手，银布从指缝间无声地滑落到地上，仿佛是一掬轻盈的水银。当陆海再插上电源的插销时，银布如同一朵开放的荷花般懒洋洋再伸展开来，很快又变成一个圆圆的伞面倒立在地上。再去摸摸那伞面，薄薄的硬硬的，轻敲时发出悦耳的金属声响，它强度很高，在地面固定后能撑住一个装满水的锅或壶。

陆海告诉水娃："这是一种纳米材料，表面光洁，具有很好的反光性，强度很高，最重要的是，它在正常条件下呈柔软状态，但在通入微弱电流后会变得坚硬。"

水娃后来知道，这种叫纳米镜膜的材料是陆海的一项研究成果。申请专利后，他倾其所有投入资金，想为这项成果打开市场，但包括便携式太阳灶在内的几项产品都无人问津，结果血本无归，现在竟穷到向水娃借钱交房租。虽落到这地步，但这人一点儿都没有消沉，每天仍东奔西跑，企图为这种新材料的应用找到出路，他告诉水娃，这是自己跑过的第十三个城市了。

除了那个太阳灶外，陆海还有一小片纳米镜膜，平时它就像一块银色的小手帕摊放在床边的桌子上，每天早晨出门前，陆海总要打开一个小小的电源开关，那块银手帕立刻变成硬硬的一块薄片，成了一面光洁的小镜子，陆海对着它梳理打扮。有一天早晨，他对着小镜子梳头时斜视了刚从床上爬起来的水娃一眼，说：

"你应该注意仪表，常洗脸，头发别总是乱乱的，还有你这身衣服，不能买件便宜点的新衣服吗？"

水娃拿过镜子来照了照，笑着摇摇头，意思是对一个擦鞋的来说，那么麻烦没有用。

陆海凑近水娃说："现代社会充满着机遇，满天都飞着金鸟儿，哪天说不定你一伸手就抓住一只，前提是你得拿自己当回事儿。"

水娃四下看了看，没什么金鸟儿，他摇摇头说："我没读过多少书呀。"

"这当然很遗憾，但谁知道呢，有时这说不定是一个优势，这个时代的伟大之处就在于其捉摸不定，谁也不知道奇迹会在谁身上发生。"

"你……上过大学吧？"

"我有固体物理学博士学位，辞职前是大学教授。"

陆海走后，水娃目瞪口呆了好半天，然后又摇摇头，心想陆海这样的人跑了十三个城市都抓不到那鸟儿，自己怎么行呢？他感到这家伙是在取笑自己，不过这人本身也够可怜够可笑的了。

这天夜里，屋里的其他人有的睡了，有的聚成一堆打扑克，水娃和陆海则到门外几步远的一个小饭馆里看人家的电视。这时已是夜里十二点，电视中正在播出新闻，屏幕上只有播音员，没有其他画面。

"在今天下午召开的国务院新闻发布会上，新闻发言人透露，举世瞩目的中国太阳工程已正式启动，这是继三北防护林之后又一项改造国土生态的超大型工程……"

水娃以前听说过这个工程，知道它将在我们的天空中再建造一个太阳，这个太阳能给干旱的大西北带来更多的降雨。这事对水娃来说太玄乎，像第一次遇到这类事一样，他想问陆海，但扭头一看，见陆海睁圆双眼瞪着电视，半张着嘴，好像被它摄去了魂儿。水娃用手在他面前晃了晃，他毫无反应，直到那则新闻过去很久才恢复常态，自语道：

"真是，我怎么就没想到中国太阳呢？！"

水娃茫然地看着他，他不可能不知道这件连自己都知道的事，这事儿哪个中国人不知道呢？他当然知道，只是没想到，他现在想到了什么呢？这事与他陆海，一个住在闷热的简易房中的潦倒流浪者，能有什么关系？

陆海说："记得我早上说的话吗？现在一只金鸟飞到我面前了，好大的一只金鸟儿，其实它以前一直在我的头顶盘旋，我居然没感觉到！"

水娃仍然迷惑不解地看着他。

陆海站起身来:"我要去北京了,赶两点半的火车,小兄弟,你跟我去吧!"

"去北京?干什么?"

"北京那么大,干什么不行?就是擦皮鞋,也比这儿挣得多好多!"

于是,就在这天夜里,水娃和陆海踏上了一列连座位都没有的拥挤的列车,列车穿过夜色中广阔的西部原野,向太阳升起的方向驰去。

人生第三个目标:到更大的城市,见更大的世面,挣更多的钱

第一眼看到首都时,水娃明白了一件事:有些东西你只能在看见后才知道是什么样儿,凭想象是绝对想不出来的。比如北京之夜,就在他的想象中出现过无数次,最早不过是把镇子或矿上的灯火扩大许多倍,然后是把省城的灯火扩大许多倍,当他和陆海乘坐的公共汽车从西站拐入长安街时,他知道,过去那些灯火就是扩大一千倍,也不是北京之夜的样子。当然,北京的灯绝对不会有一千个省城的灯那么多那么亮,但这夜中北京的某种东西,是那个西部的城市怎样叠加也产生不出来的。

水娃和陆海在一个便宜的地下室旅馆住了一夜后,第二天早上就分了手。临别时陆海祝水娃好运,并说如果以后有难处可以找他,但当水娃让他留下电话或地址时,他却说自己现在

什么都没有。

"那我怎么找你呢？"水娃问。

"过一阵子，看电视或报纸，你就会知道我在哪儿。"

看着陆海远去的背影，水娃迷惑地摇摇头，他这话可真是费解：这人现在已一文不名，今天连旅馆都住不起了，早餐还是水娃出的钱，甚至连他那个太阳灶，也在启程前留给房东顶了房费，现在，他已是一个除了梦之外什么都没有的乞丐。

与陆海分别后，水娃立刻去找活儿干，但大都市给他的震撼使他很快忘记了自己的目的，整个白天，他都在城市中漫无目的地闲逛，仿佛是行走在仙境中，一点儿都不觉得累。

傍晚，他站在首都的新象征之一，去年落成的五百米高的统一大厦前，仰望着那直插云端的玻璃绝壁，在上面，渐渐暗下去的晚霞和很快亮起来的城市灯海在进行着摄人心魄的光与影的表演，水娃看得脖子酸疼。当他正要走开时，大厦本身的灯也亮了起来，这奇景以一种更大的力量攫住了水娃的全部身心，他继续在那里仰头呆望着。

"你看了很长时间，对这工作感兴趣？"

水娃回头，看到说话的是一个年轻人，典型的城里人打扮，但手里拿着一顶黄色的安全帽。"什么工作？"水娃迷惑地问。

"那你刚才在看什么？"那人问，同时拿安全帽的手向上一指。

水娃抬头向他指的方向看，看到高高的玻璃绝壁上居然有几个人，从这里看去只是几个小黑点儿。"他们在那么高的地方干什么呀？"水娃问，又仔细地看了看，"擦玻璃？"

那人点点头："我是蓝天建筑清洁公司的人事主管，我们公司，主要承揽高层建筑的清洁工程，你愿意干这工作吗？"

水娃再次抬头看，高空中那几个蚂蚁似的小黑点让人头晕目眩，"这……太吓人了。"

"如果是担心安全，那你尽管放心，这工作看起来危险，正是这点使它招工很难，我们现在很缺人手。但我向你保证，安全措施是很完备的，只要严格按规程操作，绝对不会有危险，且工资在同类行业中是最高的，你嘛，每月工资一千五，工作日管午餐，公司代买人身保险。"

这钱数让水娃吃了一惊，他呆呆地望着人事主管，后者误解了水娃的意思："好吧，取消试用期，再加三百，每月一千八，不能再多了。以前这个工种基本工资只有四五百，每天有活儿干再额外计件儿，现在是固定月薪，相当不错了。"

于是，水娃成了一名高空清洁工，英文名字叫蜘蛛人。

人生第四个目标：成为一个北京人

水娃与四位工友从航天大厦的顶层谨慎地下降，用了四十分钟才到达它的第八十三层，这是他们昨天擦到的位置。蜘蛛人最头疼的活儿就是擦倒角墙，即与地面的角度小于九十度的墙。而航天大厦的设计者为了表现他那变态的创意，把整个大厦设计成倾斜的，在顶部由一根细长的立柱与地面支撑起来，据这位著名建筑师说，倾斜更能表现出上升感。这话似乎有道理，这座摩天大厦也名扬世界，成为北京的又一标志性建筑。

但这位建筑大师的祖宗八代都被北京的蜘蛛人骂遍了，清洁航天大厦的活儿对他们几乎是一场噩梦，因为这个倾斜的大厦整整一面全是倒角墙，高达四百米，与地面的角度小到六十五度。

到达工作位置后，水娃仰头看看，头顶上这面巨大的玻璃悬崖仿佛正在倾倒下来。他一只手打开清洁剂容器的盖子，另一只手紧紧抓着吸盘的把手。这种吸盘是为清洁倒角墙特制的，但并不好使，常常脱吸，这时蜘蛛人就会荡离墙面，被安全带吊着在空中打秋千。这种事在清洁航天大厦时多次发生，每次都让人魂飞天外。就在昨天，水娃的一位工友脱吸后远远地荡出去，又荡回来，在强风的推送下直撞到墙上，撞碎了一大块玻璃，在他的额头和手臂上各划了一道大口子，而那块昂贵的镀膜高级建筑玻璃让他这一年的活儿白干了。

到现在为止，水娃干蜘蛛人的工作已经两年多了，这活儿可真不容易。在地面上有二级风力时，百米空中的风力就有五级，而现在的四五百米的超高层建筑上，风就更大了。危险自不必说，从本世纪初开始，蜘蛛人坠落的事故就时有发生。在冬天时那强风就像刀子一样锋利，清洗玻璃时最常用的氢氟酸洗剂腐蚀性很大，使手指甲先变黑再脱落；而到了夏天，为防洗涤药水的腐蚀，还得穿着不透气的雨衣雨裤雨鞋，如果是擦镀膜玻璃，背上太阳暴晒，面前玻璃反射的阳光也让人睁不开眼，这时水娃的感觉真像是被放在陆海的太阳灶上。

但水娃热爱这个工作，这一年多是他有生以来最快乐的时光。这固然因为在外地来京的低文化层次的打工者中，蜘蛛人的收入相对较高，更重要的是，他从工作中获得了一种奇妙的满足感。他最喜欢干那些别的工友不愿意干的活儿：清洁新近落成的超高建筑，这些建筑的高度都在两百米以上，最高的达五百米。悬在这些摩天楼顶端的外墙上，北京城在下面一览无遗地伸延开来，那些二十世纪建成的所谓高层建筑从这里看下去是那么矮小，再远一些，它们就像一簇簇插在地上的细木条，而城市中心的紫禁城则像是用金色的积木搭起来的；在这个高度听不到城市的喧闹，整个北京成了一个可以一眼望全的整体，成了一个以蛛网般的公路为血脉的巨大的生命，在下面静静地呼吸着。有时，摩天大楼高耸在云层之上，腰部以下笼罩在阴暗的暴雨之中，以上却阳光灿烂，干活儿时脚下是一望无际的滚滚云海，每到这时，水娃总觉得他的身体都被云海之上的强风吹得透明了……

　　水娃从这经历中学到了一个哲理：事情得从高处才能看清楚。如果你淹没于这座大都市之中，周围的一切是那么纷繁复杂，城市仿佛是一个无边无际的迷宫，但从这高处一看，整座城市不过是一个有一千多万人的大蚂蚁窝罢了，而它周围的世界又是那么广阔。

　　在第一次领到工资后，水娃到一个大商场转了转，乘电梯上到第三层时，他发现这是一个让自己迷惑的地方。与繁华的下两层不同，这一层的大厅比较空旷，只摆放着几张大得惊人的矮桌子，在每张桌子宽阔的桌面上，都有一片小小的楼群，每幢楼有一本书那么高。楼间有翠绿的草地，草地上有白色的凉亭和回廊……这些小建筑好像是用象牙和奶酪做成的，看上去那么可爱，它们与绿草地一起，构成了精致的小世界，在水

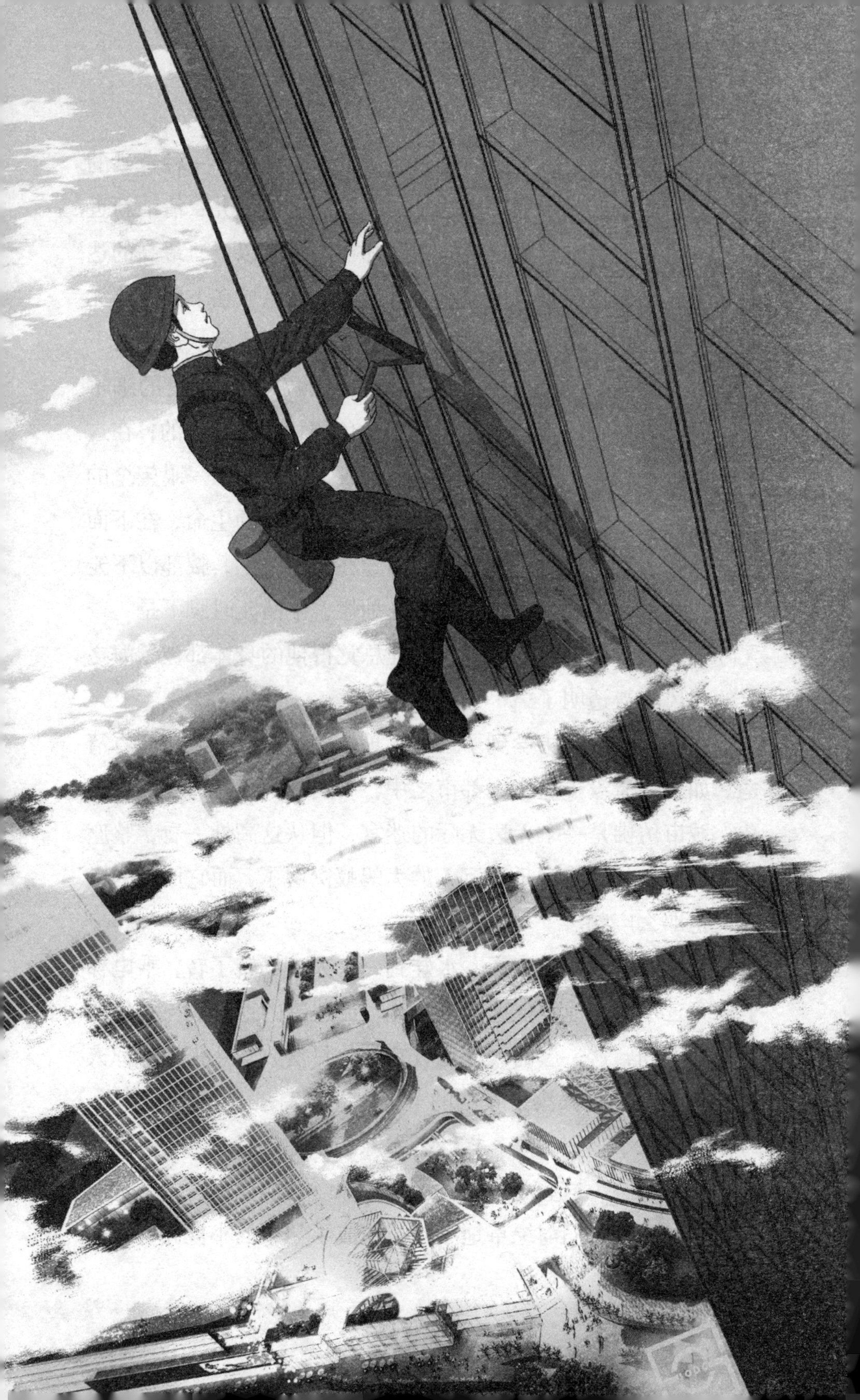

娃眼中，真像是一个个小天堂的模型。最初他猜测这是某种玩具，但这里见不到孩子，桌边的人们也一脸认真和严肃。他站在一个小天堂边上对着它出神地望了很久，一位漂亮小姐过来招呼他，他这才知道这里是出售商品房的地方。他随便指着一幢小楼，问最顶上那套房多少钱，小姐告诉他那是三室一厅，每平方米三千五百元，总价值三十八万。听到这数目水娃倒吸一口冷气，但小姐接下来的话让这冷酷的数字温柔了许多：

"分期付款，每月一千五百到两千元。"

他小心地问："我……我不是北京人，能买吗？"

小姐给了他一个动人的微笑："您可真逗，户口已经取消两年了，还有什么北京人不北京人的？您住下不就是北京人了吗？"

水娃走出商场后，漫无目的地在街上走了很长时间，夜中的北京在他的周围五光十色地闪耀着，他不时停下来看看售房小姐给他的几张花花绿绿的广告页。仅在一个多月前，在那座遥远的西部城市的简易房中，在省城拥有一套住房对他来说都还是一个神话，现在，他离买得起那套北京的住房还有相当的距离，但这已不是神话了，它由神话变成了梦想，而这梦想，就像那些精致的小模型一样，实实在在地摆在眼前，可以触摸到了。

这时，有人在里面敲水娃正在擦的这面玻璃，这往往是麻烦事。在办公室窗上出现的高楼清洁工总让超级大厦中的白领们有一种莫名的烦恼，好像这些人真如其俗名那样是一个个异类大蜘蛛，他们之间的隔阂远不止那面玻璃。在蜘蛛人干活儿时，里面的人不是嫌有噪声就是抱怨阳光被挡住了，变着法儿和他们过不去。航天大厦的玻璃是半反射型的，水娃很费劲地向里面看，终于看清了里面的人，那居然是陆海！

分手后，水娃一直惦记着陆海，在他的记忆中，陆海一直是一个西装革履的流浪汉，在这个大城市中深一脚浅一脚地过着艰难的生活。在一个深秋之夜，水娃正在宿舍默默地为陆海过冬的衣服发愁时，却真的在电视上看到了他！这时，中国太阳工程正在选择构建反射镜的材料，这是工程最关键的技术核心，在十几种材料中，陆海研制的纳米镜膜被最后选中了。他由一名科技流浪汉变成了中国太阳工程的首席科学家之一，一夜之间举世闻名。这以后，虽然陆海频频在各种媒体出现，水娃反而把他忘记了，他觉得他们之间已没有什么关系。

在那间宽大的办公室里，水娃看到陆海与两年前相比，从里到外都没有变，甚至还穿着那身西装，现在水娃知道，这身当时在他眼中高级华贵的衣服实际上次透了。水娃向他讲述了自己在北京的生活，最后他笑着说：

"看来咱们俩在北京干得都不错。"

"是的是的，都不错！"陆海激动地连连点头，"其实，那天早晨对你说那些关于时代和机遇的话时，我几乎对一切都失去了信心，我是说给自己听的，但这个时代真的充满了机遇。"

水娃点点头："到处都是金色的鸟儿。"

接着，水娃打量起这间充满现代感的大办公室来，这里最引人注目的是那一套不同寻常的装饰物：办公室的天花板整个是一幅星空的全息图像，所以在办公室中的人如同置身于一个灿烂星空下的院子。在这星空的背景前悬浮着一个银色的圆形曲面，那是一个镜面，很像陆海的那个太阳灶，但水娃知道，这个太阳灶面积可能有几十个北京那么大。在天花板的一角，有一盏球形的灯，与这镜面一样，这灯球没有任何支撑地悬浮在空中，发出耀眼的黄光。镜面把它的一束光投射到办公桌旁的一个大地球仪上，在其表面打出一个圆圆的亮点。那个灯球在天花板下缓缓飘移着，镜面转动着追踪它，始终保持着那束投向地球仪的光束。星空、镜面、灯球、光束、地球仪和其表面的亮点，形成了一幅抽象而神秘的构图。

"这就是中国太阳吗？"水娃指着镜面敬畏地问。

陆海点点头："这是一个面积达三万平方公里的反射镜，它在三万六千公里高的同步轨道上向地球反射阳光，从地面看上去，天空中像多了个太阳。"

"我一直搞不明白，天上多个太阳，地上怎么会多了雨水呢？"

"这个人造太阳可以以多种方式影响天气，比如通过改变大气的热平衡来影响大气环流、增加海洋蒸发量、移动锋面，等等，这一两句话说不清楚。其实，轨道反射镜只是中国太阳工程的一部分，另一部分是一个复杂的大气运动模型，它运行在许多台超级计算机上，精确地模拟出某一区域大气的运动状态，然后找准一个关键点，用人造太阳的热量施加影响，就会产生出巨大的效应，足以在一段时间内完全改变目标区域的气候……这个过程极其复杂，不是我的专业，我也不太明白。"

水娃又问了一个陆海肯定明白的问题，他知道自己的问题太傻，但还是鼓足勇气问了出来："那么大个东西悬在天上，不会掉下来吗？"

陆海默默地看了水娃几秒钟，又看了看表，一拍水娃的肩膀说："走，我请你吃饭，同时让你明白中国太阳为什么不会掉下来。"

但事情远没有陆海想得那么简单，他不得不把要讲授的知识线移到最底层。水娃知道自己生活在一个圆的地球上，但他意识深处的世界还是一个天圆地方的结构，陆海费了很大劲才使他真正明白了我们的世界只是一颗飘浮在无际虚空中的小石球。这个晚上水娃并没有搞明白中国太阳为什么不会掉下来，但这个宇宙在他的脑海中已完全变了样，他进入了自己的托勒密时代。第二个晚上，陆海同水娃到大排档去吃饭，并成功地使水娃进入了哥白尼时代。又用了两个晚上，水娃艰难地进入了牛顿时代，知道了（当然仅仅是知道了）万有引力。接下来的一个晚上，借助于办公室中的那个大地球仪，陆海使水娃迈进了航天时代。在接下来的一个公休日，也是在那个大地球仪前，水娃终于明白了同步轨道是什么意思，同时也明白了中国太阳为什么不会掉下来。

在这一天，陆海带水娃参观了中国太阳工程的指挥中心，在一个高大的屏幕上映出了同步轨道上中国太阳建设工地的全景：漆黑的空间中飘浮着几块银色的薄片，航天飞机在那些薄片前像几只小小的蚊子。最让水娃感到震撼的，是另一个大屏幕上从三万六千公里高度拍摄的地球，他看到，大陆像漂浮在海洋上的一张张大牛皮纸，山脉像牛皮纸的皱褶，而云层如同牛皮纸上残留的一片片白糖末……陆海指给水娃看哪里是他的家乡，哪里是北京，水娃呆呆地看了好半天，冒出一句话："站在这么高的地方，人想的事情肯定不一样……"

三个月后，中国太阳的主体工程完工，在国庆节之夜，反射镜首次向地球的黑夜部分投射阳光，并把巨大的光斑固定在京津地区。这天夜里，水娃在天安门广场上同几十万人一起目睹了这壮丽的日出：西边的夜空中，一颗星星的亮度急剧增强，在这颗星的周围有一圈蓝天在扩散，当中国太阳的亮度达到最大时，这圈蓝天已占据了半个天空的面积，在它的边缘，色彩由纯蓝渐渐过渡到黄色、橘红和深紫，这圈渐变的色彩如一圈彩虹把蓝天围在中央，形成了人们所称的"环形朝霞"。

水娃在凌晨四点才回到宿舍，他躺在狭窄的上铺，中国太阳的光芒从窗中照进来，照在枕边墙上那几张商品住宅广告页上，水娃把那几张彩纸从墙上撕了下来。

在中国太阳的天国之光下，他曾为之激动不已的理想显得那么平淡渺小。

两个月后，清洁公司的经理找到水娃，说中国太阳工程指挥中心的陆总让他去一下。自从清洁航天大厦的活儿干完后，水娃就再也没见过陆海。

"你们的太阳真是伟大！"在航天大厦的办公室中见到陆海后，水娃由衷地赞叹道。

"是我们的太阳，特别是你也有份儿：现在在这里看不到中国太阳了，它正在给你的家乡造雪呢！"

"我爸妈来信说，那里今冬的雪真的多了起来！"

"但中国太阳也遇到了大问题，"陆海指指身后的一块大屏幕，上面显示着两个圆形的光斑，"这是在同一位置拍摄的中国太阳的图像，时隔两个月，你能看出它们有什么差别吗？"

"左边那个亮一些。"

"看,仅两个月,反射率的降低用肉眼都能看出来了。"

"怎么,是大镜子上落灰了吗?"

"太空中没有灰,但有太阳风,也就是太阳喷出的粒子流。时间一长,它使中国太阳的镜面表层发生了质变,镜面就蒙上了一层极薄的雾膜,反射率就降低了,一年以后,镜面将变得像蒙上一层水雾一样,那时中国太阳就变成了中国月亮,可什么事都干不了了。"

"你们开始没想到这些吗?"

"当然想到了……我们还是谈你的事吧:想不想换个工作?"

"换工作?我还能干什么呢?"

"还是干高空清洁工,但是在我们这里干。"

水娃迷惑地四下看看:"你们的大楼不是刚清洁过吗?还用专门雇高空清洁工?"

"不,不是让你擦大楼,是擦中国太阳。"

人生第五个目标:飞向太空擦太阳

这是一次由中国太阳工程运行部的高层领导人参加的会议,讨论成立镜面清洁机构的事。陆海把水娃介绍给大家,并介绍了他的工作。当有人问到学历时,水娃诚实地说他只读过三年小学。

"但我认字的,看书没问题。"水娃对与会者说。

一阵笑声响起。"陆总,你这是在开玩笑吗?!"有人气愤地喊道。

陆海平静地说:"我没开玩笑。如果组成三十个人的镜面清洁队,把中国太阳全部清洁一遍需半年时间,按照清洁周期清洁队需不停地工作,这至少要有六十到九十人进行轮换。如果正在制定中的空间劳动保护法出台,这种轮换可能需要更多的人,也就是说需一百二十甚至一百五十人。我们难道要让一百五十名有博士学位的、在高性能歼击机上飞过三千小时的飞行员干这项工作吗?"

"那也得差不多点儿吧?在城市高等教育已经普及的今天,让一个文盲飞向太空?"

"我不是文盲!"水娃对那人说。对方没理他,接着对陆海说:

"这是对这个伟大工程的亵渎!"

与会者们纷纷点头赞同。

陆海也点点头:"我早就料到各位会有这种反应。在座的,除了这位清洁工之外都具有博士学位,那么好,就让我们看看各位在清洁工作中的素质吧!请跟我来。"

十几名与会者迷惑不解地跟着陆海走出会议室,走进电梯。这种摩天大楼中的电梯分快、中、慢三种,他们乘坐的是最快的电梯,飞快加速,直上大厦的顶层。

有人说:"我是第一次乘这个电梯,真有乘火箭升空的感觉!"

"我们进入同步轨道后,大家还将体验清洁中国太阳的感觉。"陆海说。周围的人都向他投来奇怪的目光。

走出电梯后,大家又跟着陆海爬了一段窄扶梯,最后从一扇小铁门走出去，来到了大厦的露天楼顶。他们立刻置身于阳光和强风之中，上面的蓝天似乎比平时看到的清澈了许多，向四周望去，北京城尽收眼底。他们发现楼顶上已经有一小群人在等着，水娃吃惊地发现那竟是清洁公司的经理和他的蜘蛛人工友们！

陆海大声说："现在，我们就请大家体验一下水娃的工作。"

于是那些蜘蛛人走过来给每一位与会者扎上安全带，然后领他们走到楼顶边缘，使他们小心地站到十几个蜘蛛人作为工作平台的小小的吊板上，然后吊板开始慢慢下降，悬在距楼顶边缘五六米处不动了，被挂在大厦玻璃墙上的与会者们发出了一阵绝不掺假的惊叫声。

"各位，我们继续开会吧！"陆海蹲着从楼顶边缘探出身去对下面的人喊。

"你个混蛋！快拉我们上去！！"

"你们每人必须擦完一块玻璃才能上来！"

擦玻璃是不可能的，下面的人能做的只是死抓着安全带或吊板的绳索一动不敢动，根本不可能松开一只手去拿起放在吊板上的刷子或打开清洁剂桶的盖子。在他们的日常工作中，这些航天官员每天都在图纸或文件上与几万公里的高度打交道，但在这亲身体验中，四百米的高度已经令他们魂飞天外了。

陆海站起身，走到一位空军大校的上面，他是被吊下去的十几个人中唯一镇定自若者，他开始擦玻璃，动作沉稳，最让水娃吃惊的是，他的两只手都在干活，并没有抓着什么稳定自己，而他的吊板在强风中贴着墙面一动不动，这对蜘蛛人来说也只有老手才能做到。当水娃认出他就是十多年前神舟八号飞船上的一名宇航员时,对眼前所见也就不奇怪了。

陆海问:"张大校,你坦率地说,眼前的工作真的比你们在轨道上的太空行走作业容易吗?"

"如果仅从体力和技巧上来说,相差不是太多。"前宇航员回答说。

"说得好!宇航训练中心的一项研究表明,在人体工程学上,高层建筑清洁工的工作与太空中的镜面清洁工作有许多相似之处:都是在危险的位置上需要时时保持平衡,从事重复单调且消耗体力的劳动;都要时时保持着警觉,稍一疏忽就会有意外事故发生,这事故对宇航员来说,可能是错误飘移、工具或材料丢失或生命维持系统失灵,等等;对蜘蛛人来说,则可能是撞碎玻璃、工具或清洁剂跌落或安全带断裂滑脱,等等。在体能技巧方面,特别是在心理素质方面,蜘蛛人完全有能力胜任镜面清洁工作。"

前宇航员仰视着陆海点了点头:"这使我想起了那个古老的寓言。卖油人把油通过一个铜钱的方孔倒进油壶中,所需的技巧与将军把箭射中靶心同样高超,差异只在于他们的身份。"

陆海接着说:"哥伦布发现了美洲,库克发现了澳洲,但这些新世界都是由普通人开发的,这些开拓者在当时的欧洲处于社会的最下层。太空开发也一样,国家在下一个五年计划中把近地空间作为第二个西部,这就意味着航天事业的探险时代已经结束,它不再只是由少数精英从事的工作,让普通人进入太空,是太空开发产业化的第一步!"

"好了好了,你说的都对!快把我们弄上去啊!!"下面的其他人声嘶力竭地喊着。

在回去的电梯上，清洁公司的经理凑到陆海耳边低声说："陆总，您慷慨激昂了半天，讲的道理有点太大了吧？当然，当着水娃和我这些小弟兄的面，您不好把关键之处挑明。"

"嗯？"陆海询问地看着他。

"谁都知道，中国太阳工程是以准商业方式运行的，中途差点因资金缺口而停工，现在，留给你们的运行费用没有多少了。在商业宇航中，正规宇航员的年薪都在百万以上，我这些小伙子们每年就可以给你们省几千万。"

陆海神秘地一笑说："您以为，为这区区几千万我值得冒这个险吗？我这次故意把镜面清洁工的文化程度标准压到最低，这个先例一开，中国太阳在空间轨道的其他工作岗位，我就可以用普通大学毕业生来做，这一下，省的可不止几千万。如您所说，这也是没办法的办法，我们真的没剩多少钱了。"

经理说："在我的童年和少年时代，进入太空是一种何等浪漫的事业，我清楚地记得，邓小平在访问肯尼迪航天中心时，把一位美国宇航员称作神仙。现在，"他拍着陆海的后背苦笑着摇摇头，"我们彼此彼此了。"

陆海扭头看了看那几名蜘蛛人小伙子，放大了声音说："但，先生，我给他们的工资怎么说也是你的八到十倍！"

第二天，包括水娃在内的六十名蜘蛛人进入了坐落在石景山的中国宇航训练中心，他们都是从外地来京打工的农村后生，来自中国广阔田野的各个偏僻角落。

镜面农夫

西昌基地,"地平线"号航天飞机从它的发动机喷出的大团白雾中探出头来,轰鸣着升上蓝天。机舱里坐着水娃和其他十四名镜面清洁工,经过三个月的地面培训,他们被从六十人中挑选出来,首批进入太空进行实际操作。

在水娃这时的感觉中,超重远不像传说中的那么可怕,他甚至有一种熟悉的舒适感,这是孩子被母亲紧紧抱在怀中的感觉。在他右上方的舷窗外,天空的蓝色在渐渐变深。舱外隐约传来爆破螺栓的啪啪声,助推器分离,发动机声由震耳的轰鸣变为蚊子似的嗡嗡声。天空变成深紫色,最后完全变黑,星星出现了,都不眨眼,十分明亮。嗡嗡声戛然而止,舱内变得很安静,座椅的振动消失了,接着后背对椅面的压力也消失了,失重出现。水娃他们是在一个巨大的水池中进行的失重训练,这时的感觉还真像是浮在水中。

但安全带还不能解开,发动机又嗡嗡地叫了起来,重力又把每个人按回椅子上,漫长的变轨飞行开始了。小小的舷窗中,星空和海洋交替出现,舱内不时充满了地球反射的蓝光和太阳白色的光芒。窗口中能看到的地平线的弧度一次比一次大,能看到的海洋和陆地的景色范围也一次比一次大。向同步轨道的变轨飞行整整进行了六个小时,舷窗中星空和地球的景色交替也渐渐具有催眠作用,水娃居然睡着了。但他很快被扩音器中指令长的声音惊醒,那声音说变轨飞行结束了。

舱内的伙伴们纷纷飘离座椅,紧贴着舷窗向外瞅。水娃也解开安全带,用游泳的动作笨拙地飘到离他最近的舷窗,他第一次亲眼看到了完整的地球。但大多数人都挤在另一侧的舷窗边，他也一蹬舱壁蹿了过去，因速度太快在对面的舱壁上碰了脑袋。从舷窗望出去，他才发现"地平线"号已经来到中国太阳的正下方，反射镜已占据了星空的大部分面积，航天飞机如同是飞行在一个巨大的银色穹顶下的一只小蚊子。"地平线"号继续靠近，水娃渐渐体会到镜面的巨大：它已占据了窗外的所有空间，一点都感觉不到它的弧度，他们仿佛飞行在一望无际的银色平原上。距离在继续缩短，镜面上出现了"地平线"号的倒影。可以看到银色大地上有一条条长长的接缝，这些接缝像地图上的经纬线一样织成了方格，成了能使人感觉到相对速度的唯一参照物。渐渐地，银色大地上的经线不再平行，而是向一点会聚，这趋势急剧加快，好像"地平线"号正在驶向这巨大地图上的一个极点。极点很快出现了，所有经向接缝都会聚在一个小黑点上，航天飞机向着这个小黑点下降，水娃震惊地发现，这个黑点竟是这银色大地上的一座大楼，这座大楼是一个全密封的圆柱体。水娃知道，这就是中国太阳的控制站，是他们以后三个月在这冷寂太空中唯一的家。

　　太空蜘蛛人的生活就这样开始了。每天（中国太阳绕地球一周的时间也是 24 小时），镜面清洁工们驾驶着一台台有手扶拖拉机大小的机器擦光镜面，他们开着这些机器在广阔的镜面上来回行驶，很像在银色的大地上耕种着什么，于是西方新闻媒体给他们起了一个更有诗意的名字：镜面农夫。

　　这些"农夫"们的世界是奇特的，他们脚下是银色的平原，由于镜面的弧度，这平原在远方的各个方向缓缓升起，但由于面积巨大，周围看上去如水面般平坦。上方，地球和太阳总是同时出现，后者比地球小得多，倒像是它的一颗光芒四射的卫星。在占据天空大部分的地球上，总能看到一个缓缓移动的圆形光斑，在地球黑夜的一面这光斑尤其醒目，这就是中国太阳在地球上照亮的区域。镜面可以调整形状以改变光斑的大小，当银色大地在远方上升的坡度较陡时，光斑就小而亮，当上升坡度较缓时，光斑就大而暗。

但镜面清洁工的工作是十分艰辛的，他们很快发现，清洁镜面的枯燥和劳累，比在地球上擦高楼有过之而无不及。每天收工回到控制站后，往往累得连太空服都脱不下来。随着后续人员的到来，控制站里拥挤起来，人们像生活在一艘潜水艇中。但能够回到站里还算幸运，镜面上距站最远处近一百公里，清洁到外缘时往往下班后回不来，只能在"野外"过"夜"，从太空服中吸些流质食物，然后悬在半空中睡觉。工作的危险更不用说，镜面清洁工是人类航天史上进行太空行走最多的人，在"野外"，太空服的一个小故障就足以致人于死地，还有微陨石、太空垃圾和太阳磁暴等等。这样的生活和工作条件使控制站中的工程师们怨气冲天，但天生就能吃苦的"镜面农夫"们却默默地适应了这一切。

在进入太空后的第五天，水娃与家里通了话，这时水娃正在距控制站五十多公里处干活，他的家乡正处于中国太阳的光斑之中。

水娃爹："娃啊，你是在那个日头上吗？它在俺们头上照着呢，这夜跟白天一样啊！"

水娃："是，爹，俺是在上面！"

水娃娘："娃啊，那上面热吧？"

水娃："说热也热，说冷也冷，俺在地上投了个影儿，影儿的外面有咱那儿十个夏天热，影儿的里面有咱那儿十个冬天冷。"

水娃娘对水娃爹："我看到咱娃了，那日头上有个小黑点点！"

水娃知道那是不可能的，他的眼泪涌了出来，说："爹、娘，俺也看见你们了，亚洲大陆的那个地方也有两个小黑点点！明天多穿点衣服，我看到一大股寒流从大陆北面向你们那里移过去了！"

……

三个月后换班的第二分队到来，水娃他们返回地球去休为期三个月的假。他们着陆后的第一件事就是每人买了一架单筒高倍望远镜。三个月后他们回到中国太阳上，在工作的间隙大家都用望远镜遥望地球，望得最多的当然还是家乡，但在四万公里的距离上是不可能看到他们的村庄的。他们中有人用粗笔在镜面上写下了一首稚拙的诗：

> 在银色的大地上我遥望家乡
> 村边的妈妈仰望着中国太阳
> 这轮太阳就是儿子的眼睛
> 黄土地将在这目光中披上绿装

"镜面农夫"们的工作是出色的，他们逐渐承担了更多的任务，范围都超出了他们的清洁工作。首先是修复被陨石破坏的镜面，后来又承担了一项更高层次的工作：监视和加固应力超限点。

中国太阳在运行中，其姿态总是在不停地变化，这些变化是由分布在其背面的三千台发动机完成的。反射镜的镜面很薄，它由背面的大量细梁连成一个整体，在进行姿态或形状改变时，有些位置可能发生应力超限，如果不及时对各发动机的出力给予纠正，或在那个位置进行加固，任其发展，超限应力就可能撕裂镜面。这项工作的技术要求很高，发现和加固应力超限点都需要熟练的技术和丰富的经验。

除了进行姿态和形状调整外，最有可能发生应力超限的时间是给轨道理发时，这项操作的正式名称是光压和太阳风所致轨道误差修正。太阳风和光压对面积巨大的镜面产生作用力，这种力量在每平方公里的镜面上达两公斤左右，使镜面轨道变扁上移，在地面控制中心的大屏幕上，变形的轨道与正常的轨道同时显示，很像是正常的轨道上长出了头发，这个离奇的操作名称也由此而来。轨道理发时镜面产生的加速度比姿态和形状调整时大得多，这时"镜面农夫"们的工作十分重要，他们飞行在银色大地上空，仔细地观察着地面的每一处异常变化，随时进行紧急加固，每次都出色地完成了任务。他们的收入因此增长很多，但这中间得利最多的，还是已成为中国太阳工程第一负责人的陆海，他连普通大学毕业生也不必雇了。

但"镜面农夫"们都明白，他们这批人是第一批也是最后一批只有小学文化程度的太空工人了，以后的太空工人最低也是大学毕业的。但他们完成了陆海所设想的使命：证明了太空开发中的底层工作最需要的是技巧和经验，是对艰苦环境的适应能力，而不是知识和创造力，普通人完全可以胜任。

但太空也在改变着"镜面农夫"们的思维方式，没有人能像他们这样，每天从三万六千公里的高度居高临下地看地球，世界在他们面前只是一个可以一眼望全的小沙盘，地球村对他们来说不是一个比喻，而是眼前实实在在的现实。

"镜面农夫"们作为第一批太空工人，曾在全世界引起了轰动。但随着近地空间开发产业化的飞速发展，许多超级工程在太空中出现，其中包括用微波向地面传送电能的超大型太阳能电站，微重力产品加工厂等，容纳十万人的太空城也开始建设。大批产业工人涌向太空，他们都是普通人，世界渐渐把"镜面农夫"们忘记了。

几年后，水娃在北京买了房子，建立了家庭，又有了孩子。每年他有一半时间在家里，一半时间在太空。他热爱这份工作，在三万多公里高空的银色大地上长时间地巡行，使他的心中产生了一种超脱的宁静，他觉得自己已找到了理想的生活，未来就如同脚下的银色平原一样平滑地向前伸展。但后来的一件事打破了这种宁静，彻底改变了水娃的心路历程，这就是他与史蒂芬·霍金的交往。

没有人想到霍金能活过一百岁，这既是医学的奇迹，也是他个人精神力量的表现。当近地轨道的第一所太空低重力疗养院建立后，他成为第一位疗养者。但上太空的超重差一点要了他的命，返回地面也要经受超重，所以在太空电梯或反重力舱之类的运载工具发明之前，他可能回不了地球了。事实上，医生建议他长住太空，因为失重环境对他的身体是最合适不过的。

霍金开始对中国太阳没什么兴趣，他从低轨道再次忍受加速重力（当然比从地面进入太空时小得多）来到位于同步轨道的中国太阳，是想看看在这里进行的一项关于背景辐射强度各向微小异性的宇宙学观测，观测站之所以设在中国太阳背面，是因为巨大的反射镜可以挡住来自太阳和地球的干扰。但在观测完成，观测站和工作小组都撤走后，霍金仍不想走，说他喜欢这里，想多待一阵儿。中国太阳的什么东西吸引了他，新闻界做出了各种猜测，但只有水娃知道实情。

在中国太阳生活的日子里，霍金最喜欢做的事就是在镜面上散步，让人不可理解的是，他只在反射镜的背面散步，每天散步的时间长达几个小时。空间行走经验最丰富的水娃被站里指定陪博士散步。这时的霍金已与爱因斯坦齐名，水娃当然听说过他，但在控制站内第一次见到他时水娃还是很吃惊，水娃想象不出一位瘫痪到如此程度的人如何做出这么大的成就，尽管他对这位大科学家做了什么还一无所知。但在散步时，丝毫看不出霍金的瘫痪，也许是有了操纵电动轮椅的经验，他操纵太空服上的微型发动机与正常人一样灵活。

霍金与水娃的交流很困难，他虽然植入了由脑电波控制的电子发声系统，说话不像二十世纪那么困难了，但他的话要通过实时翻译器译成中文水娃才能听得懂。按领导的交代，为了不影响博士思考问题，水娃从不主动搭话，但博士却很愿与他交谈。

博士最先是问水娃的身世，然后回忆起自己的早年，他向水娃讲述童年时在阿尔班斯住的那幢阴冷的大房子，冬天结了冰的高大客厅中响着瓦格纳的音乐；还有那辆放在奥斯明顿磨坊牧场的马戏车，他常和妹妹玛丽一起乘着它到海滩去；还有他常与父亲去的齐尔顿领地的爱文豪灯塔……水娃惊叹这位百岁老人的记忆力,更让他吃惊的是,他们之间居然有共同语言,水娃讲述家乡的一切,博士很爱听,当走到镜面边缘时还让水娃指给他看家乡的位置。

时间长了,谈话不可避免地转到科学方面,水娃本以为这会结束他们之间难得的交流,但并非如此,向普通人用最通俗的语言讲述艰深的物理学和宇宙学,对博士而言似乎是一种休息。他向水娃讲述了大爆炸、黑洞、量子引力,水娃回去后就啃博士在二十世纪写的那本薄薄的小书,再向站里的工程师和科学家请教,居然明白了不少。

"知道我为什么喜欢这里吗?"一次散步到镜面边缘时,博士指着从边缘露出一角的地球对水娃说,"这个大镜面隔开了下面的地球,使我忘记了尘世的存在,能全身心地面对宇宙。"

水娃说:"下面的世界好复杂的,可从这里远远地看,宇宙又是那么简单,只是空间中撒着一些星星。"

"是的,孩子,真是这样。"博士点点头说。

反射镜的背面与正面一样,也是镜面,只是多了一座座小黑塔似的姿态和形状调整发动机。每天散步时,博士和水娃两人就紧贴着镜面缓缓地飘行,常常从中心一直飘到镜面的边缘。没有月亮时,反射镜的背面很黑,表面是星空的倒影。与正面相比,这里的地平线很近,且能看出弧形,星光下,由支撑梁组成的黑色经纬线在他们脚下移动,他们仿佛飘行在一个宁静的小星球的表面。遇上姿态或形状调整,反射镜背面的发动机启动,这个小星球的表面被一柱柱小火苗照亮,更使这里显出一种美丽的神秘。在这小小的世界之上，银河在灿烂地照耀着。就在这样的境界中，水娃第一次接触到宇宙最深层的奥秘，他明白了自己所看到的所有星空，在大得无法想象的宇宙中也只是一粒灰尘，而这整个宇宙，不过是百亿年前一次壮丽焰火的余烬。

许多年前作为蜘蛛人踏上第一座高楼的楼顶时，水娃看到了整个北京；来到中国太阳时，他看到了整个地球；现在，水娃面对着他人生第三个壮丽的时刻，他站到了宇宙的楼顶上，看到了他以前做梦都不会想到的东西，虽然这知识还很粗浅，但足以使那更遥远的世界对他产生了一种难以抗拒的吸引力。

有一次，水娃向站里的一位工程师说出了自己的一个困惑："人类在二十世纪六十年代就登上了月球，为什么后来反而缩了回来，到现在还没登上火星，甚至连月球也不去了？"

工程师说："人类是现实的动物，二十世纪中叶那些由理想主义和信仰驱动的东西是没有长久生命力的。"

"理想和信仰不好吗？"

"不是说不好，但经济利益更好，如果从那时开始人类就不惜代价，做飞向外太空的赔本买卖，地球现在可能还在贫困之中，你我这样的普通人反而不可能进入太空，虽然只是在近地空间。朋友，别中了霍金的毒，他那套东东一般人玩不了的！"

水娃从此变了，他仍然与以前一样努力工作，表面平静地生活，但显然在想着更多的事。

时光飞逝，二十年过去了。这二十年中，水娃和他的伙伴们从三万六千公里的高度清楚地看到了祖国和世界的变化,他们看到,三北防护林形成了一条横贯中国东西的绿带,黄色的沙漠渐渐被绿色覆盖,家乡也不再缺少雨水和白雪,村前干枯的河床又盈满了清流……这一切也有中国太阳的一份功劳,它在改变大西北气候的宏大工程中起了很大的作用。除此之外,这些年中国太阳还干了许多不寻常的事,比如融化乞力马扎罗山的积雪以缓解非洲干旱,使举行奥运会的城市成为真正的不夜城……

但对于最新的技术来说,用这种方式影响天气显得过于笨拙,且有太多的副作用,中国太阳已完成了它的使命。

国家太空产业部举行了一个隆重的仪式,为人类第一批太空产业工人授勋。这不仅仅是表彰他们二十年来的辛勤而出色的工作,更重要的是,这六十位只有小学和初中文化程度的青年进入太空工作,标志着太空开发已对所有人敞开了大门,经济学家们一致认为,这是太空开发产业化的真正开端。

这个仪式引起了新闻媒体的极大注意,除了以上的原因,在普通大众心中,"镜面农夫"们的经历具有传奇色彩,同时,在这个追逐与忘却的时代,有一个怀旧的机会也是很不错的。

当年那些憨厚朴实的小伙子现在都已人到中年,但他们看上去变化并不是太大,人们从全息电视中还能认出他们。他们中的大部分人已通过各种方式接受了高等教育,其中有一些人还获得了太空工程师的职称,但无论在自己还是公众的眼里,他们仍是那群来自乡村的打工者。

水娃代表伙伴们讲话,他说:"随着电磁输送系统的建成,现在进入近地空间的费用，只及乘飞机飞越太平洋费用的一半，太空旅行已变成了一件平常而平淡的事。但新一代人很难想象，在二十年前进入太空对一个普通人来说意味着什么，很难想象那会是怎样令他激动和热血沸腾，我们就是那样一群幸运者。

"我们这些人很普通，没什么可说的，我们能有这样不寻常的经历是因为中国太阳。这二十年来，它已成为我们的第二家园，在我们的心目中它很像一个微缩的地球。最初，我们把镜面上的接缝当作北半球的经纬线，说明自己的位置时总是说在北纬多少度、东经西经多少度；到后来，随着我们对镜面的熟悉，渐渐在上面划分出了大陆和海洋，我们会说自己是在北京或莫斯科，我们每个人的家乡在镜面上也都有对应的位置，对那一块我们擦得最勤……在这个银色的小地球上，我们努力工作，尽了自己的责任。先后有五位镜面清洁工为中国太阳献出了生命，他们有的是在太阳磁暴爆发时没来得及隐蔽，有的是被陨石或太空垃圾击中。

"现在，这块我们生活和工作了二十年的银色土地就要消失了，我们很难用语言表达自己的感受。"

水娃沉默了，已是太空产业部部长的陆海接过了话头说："我完全理解你们的感受，但在这里可以欣慰地告诉大家，中国太阳不会消失！这我想你们也都知道了，对于这样一个巨大的物体，不可能采用二十世纪的方式，让它坠入大气层烧掉，它将用另一种方式找到自己的归宿。其实很简单，只要停止进行轨道理发，并进行适当的姿态调整，太阳风和光压将最终使它超过第二宇宙速度，离开地球成为太阳的卫星。许多年后，行星际飞船会在遥远的地方找到它，那时我们也许会把它变成一个博物馆，我们这些人会再次回到那银色的平原上，一起回忆我们这段难忘的岁月。"

水娃突然显得激动起来，他大声问陆海："部长先生，你真的认为会有这一天，你真的认为会有行星际飞船吗？"

陆海呆呆地看着水娃，一时说不出话来。

水娃接着说："二十世纪中叶，当阿姆斯特朗在月球上印下第一个脚印时，几乎所有的人都相信人类将在十到二十年之内登上火星。现在，八十六年过去了，别说火星了，月球也再没人去过，理由很简单，那是赔本买卖。

"二十世纪冷战结束后，经济准则一天天地统治世界，人类在这个准则下也取得了巨大的成就。现在，我们消灭了战争和贫困，恢复了生态，地球正在变成一个乐园。这就使我们更加坚信经济准则的正确性，它已变得至高无上，渗透到我们的每个细胞中，人类社会已变成了百分之百的经济社会，投入大于产出的事是再也不会做了。对月球的开发没有经济意义，对行星的大规模载人探测是经济犯罪，至于进行恒星际航行，那是地地道道的精神变态，现在，人类只知道投入、产出，并享受这些产出了！"

陆海点点头说："本世纪人类的太空开发仍局限于近地空间，这是事实，它有许多更深刻的原因，已超出了我们今天的话题。"

"没有超出，现在，我们有了一个机会，只需花很少的钱就能飞出近地空间进行远程宇宙航行。太阳光压可以把中国太阳推出地球轨道，同样能把它推到更远的地方。"

陆海笑着摇摇头："呵，你是说把中国太阳作为一个太阳帆船？从理论上说是没问题的，反射镜的主体薄而轻，面积巨大，经过长期的光压加速，理论上它会成为人类迄今发射过的速度最快的航天器。但这也只是从理论而言，实际情况是，一艘船只有帆并不能远航，它上面还要有人，一艘无人的帆船只能在海上来回打转，连港口都驶不出去，记得史蒂文森的《金银岛》里对此有生动的描述。要想借助于光压远航并返回，反射镜需要精确而复杂的姿态控制，而中国太阳是为在地球轨道上运行而设计的，离开了人的操作，它自己只能沿着无规则的航线瞎飘一气，而且飘不了太远。"

"不错，但它上面会有人的，我来驾驶它。"水娃平静地说。

这时，收视统计系统显示，对这个频道的收视率急剧上升，全世界的目光正在被吸引过来。

"可你一个人同样控制不了中国太阳，它的姿态控制至少需要……"

"至少需要十二人，考虑到星际航行的其他因素，至少需要十五到二十人，我相信会有这么多志愿者的。"

陆海不知所措地笑笑："真没想到，我们今天的谈话会转移到这个方向。"

"陆部长，二十年前，你不止一次地改变了我的人生方向。"

"可我万万没有想到你沿着那个方向走了这么远，已远远超过我了。"陆海感慨地说，"好吧，很有意思，让我们继续讨论下去吧！嗯……很遗憾，这个想法是不可行的。中国太阳最合理的航行目标是火星，可你想过没有，中国太阳不可能在火星上登陆，如果要登陆，将又是一笔巨大的开支，会使这个计划失去经济上的可行性；如果不登陆，那和无人探测器没有区别，有什么意思呢？"

"中国太阳不去火星。"

陆海迷惑地看着水娃："那去哪里？木星？"

"也不是木星，去更远的地方。"

"更远？去海王星？去冥王……"陆海突然顿住，呆呆地盯着水娃看了好一会儿，"天啊，你不会是说……"

水娃坚定地点点头："是的，中国太阳将飞出太阳系，成为恒星际飞船！"

与陆海一样，全世界顿时目瞪口呆。

陆海两眼平视前方，机械地点点头："好吧，就让我们不当你是在开玩笑，你让我大概估算一下……"说着他半闭起双眼开始心算。

"我已经算好了，借助太阳的光压，中国太阳最终将加速到光速的十分之一，考虑到加速所用的时间，大约需四十五年时间到达比邻星。"

"然后再借助比邻星的光压减速，完成对半人马座三星系统的探测后，再向相反的方向加速，再用几十年时间返回太阳系。听起来是个美妙的计划，但实际上只是一个根本不可能实现的梦想。"

"你又想错了，到达比邻星后中国太阳不减速，而是以每秒三万多公里的速度掠过它，并借助它的光压再次加速，飞向天狼星。如果有可能，我们还会继续蛙跳，飞向第三颗恒星，第四颗……"

"你到底要干什么？"陆海失态地大叫起来。

"我们向地球所要求的，只是一套高可靠性但规模较小的生态循环系统和……"

"用这套系统维持二十个人上百年的生命？"

"听我说完，和一套生命低温冬眠系统，在航行的大部分时间我们处于冬眠状态，只在接近恒星时才启动生态循环系统，按目前的技术，这足以维持我们在宇宙中航行上千年。当然，这两套系统的价格也不低，但比起人类从头开始一次恒星际载人探测来，它所需资金只有其千分之一。"

"就是一分钱不要，世界也不会允许二十个人去自杀。"

"这不是自杀，只是探险，也许我们连近在眼前的小行星带都过不去，也许我们会最终到达天狼星甚至更远，不试试怎么知道？"

"但有一点与探险不同：你们肯定是回不来了。"

水娃点点头："是的，回不来了。有人满足于老婆孩子热炕头，从不向与己无关的尘世之外扫一眼；有的人则用尽全部生命，只为看一眼人类从未见过的事物。这两种人我都做过，我们有权选择各种生活，包括在十几光年之遥的太空中飘荡的一面镜子上的生活。"

"最后一个问题，在上千年的时间里，以每秒几万甚至十几万公里的速度掠过一颗又一颗恒星，发回人类要经过几十年甚至几个世纪才能收到的微弱的电波，这有太大意义吗？"

水娃微笑着向全世界说："飞出太阳系的中国太阳，将会使享乐中的人类重新仰望星空，唤回他们的宇宙远航之梦，重新燃起他们进行恒星际探险的愿望。"

人生的第六个目标：飞向星海，把人类的目光重新引向宇宙深处

陆海站在航天大厦的楼顶，凝视着天空中快速移动的中国太阳，在它的光芒下，首都的高楼投下了无数快速移动的影子，使得北京仿佛是一个随着中国太阳转动的大面孔。

这是中国太阳最后一次环绕地球运行，它已达到了第二宇宙速度，将飞出地球的引力场，进入绕太阳运行的轨道。这人类第一艘载人恒星际飞船上有二十个人，除水娃外，其他人是从上百万名志愿者中挑选出来的，其中包括三名与水娃共事多年的"镜面农夫"。中国太阳还未启程就达到了它的目标：人类社会对太阳系外宇宙探险的热情再次出现了。

陆海的思绪回到了二十三年前那个闷热的夏夜，在那个西北城市，他和一个来自干旱土地的农村男孩登上了开往北京的夜行列车。

作为告别，中国太阳把它的光斑依次投向各大城市，让人们最后一次看到它的光芒。最后，中国太阳的光斑投向大西北，水娃出生的那个小村庄就在光斑之中。

村边的小路旁，水娃的爹娘同乡亲们一起注视着向东方飞行的中国太阳。

水娃爹喊道："娃啊，你要到老远的地方去吗？"

水娃从太空中回答："是啊，爹，怕是回不了家了。"

水娃娘问："那地方很远？"

水娃回答："很远，娘。"

水娃爹问："比月亮还远吗？"

水娃沉默了几秒钟，用比刚才低许多的声音说："是的，爹，比月亮远些。"

水娃的爹娘并不觉得特别难受，娃是在那比月亮还远的地方干大事呢！再说，这可是个了不起的年头，即使是远在天涯海角的人，随时都可以和他说话，还可以在小电视上看见他，这跟面对面没啥子区别。但他们不会想到，随着时间的流逝，那小屏幕上的儿子将变得越来越迟钝，对爹娘关切的问话，他要想好长时间才能回答。他想的时间开始只有几秒钟，以后越来越长，一年后，爹娘每问一句话，儿子将呆呆地想一个多小时才能回答。最后儿子将消失，他们将被告知水娃睡觉了，这一觉要睡四十多年。在这以后，水娃的爹娘将用尽余生，继续照顾那块曾经贫瘠现已肥沃起来的土地，过完他们那充满艰辛但已很满足的一生，他们最后的愿望将是：在遥远未来的一天，终于回家的儿子能看到一个更美好的家园。

中国太阳正在飞离地球轨道，它在东方的天空中渐渐暗下去，它周围的蓝天也慢慢缩为一点，最后，它将变为一颗星星融入群星之中，但早在这之前，恒星太阳的曙光就会把它完全淹没。

曙光也照亮了村前的这条小路，现在它的两旁已种上了两排白杨，不远处还有一条与它平行的小河。二十四年前的那天，也是在这清晨时分，在同样的曙光下，一个西北农家的孩子怀着朦胧的希望在这条小路上渐渐远去。

这时北京的天已经大亮，陆海仍站在航天大厦的楼顶，望着中国太阳最后消失的位置，它已踏上了漫长的不归路。中国太阳将首先进入金星轨道之内，尽可能地接近太阳，以获得更大的加速光压和更长的加速距离，这将通过一系列复杂的变轨飞行来实现，其行驶方式很像大航海时代驶向逆风的帆船。七十天后，它将通过火星轨道；一百六十天后，它将掠过木星；两年后，它将飞出冥王星轨道成为一艘恒星际飞船，飞船上的所有人将进入冬眠；四十五年后它将掠过半人马座，宇航员们将短暂苏醒，自中国太阳启程一个世纪后，地球才能收到他们发回的关于半人马座的探测信息；这时，中国太阳正在飞向天狼星的路上，由于半人马座三星的加速，它的速度将达到光速的百分之十五，将于六十年后，也就是自地球启程一个世纪后到达天狼星，当中国太阳掠过这个由天狼星 A、B 构成的双星系统后，它的速度将增加到光速的十分之二，向星空的更深处飞去。按照飞船上生命冬眠系统能维持的时间极限，中国太阳有可能到达波江座—ε 星，甚至可能（虽然这种可能性很小很小）最后到达鲸鱼座 79 星，这些恒星被认为可能有行星存在。

  谁也不知道中国太阳将飞多远，水娃他们将看到什么样的神奇世界，也许有一天他们对地球发出一声呼唤，要上千年才能得到回音。但水娃始终会牢记母亲行星上的一个叫中国的国度，牢记那个国度西部一片干旱土地上的一个小村庄，牢记村前的那条小路，他就是从那里启程的。

2001 年 8 月 18 日于娘子关

名师赏析

说到科幻，我们容易想到的是太空史诗、异次元世界、机器人大战，这些刘慈欣作品中都有，但是他还有另一面，一些很现实、很中国、很"土"的东西，然后他又能以自己的方式把这些最贴近我们的生活与最遥远的宇宙连接起来。

《中国太阳》是从乡土走向太空的一次旅行。民工水娃进城打工，先是成为一名"蜘蛛人"，为摩天大楼擦洗外墙的玻璃。他的这一技能被"中国太阳"工程看中，他被送往同步轨道上向地球反射阳光的"中国太阳"，为之擦洗镜面。这个工作改变着"镜面农夫"的心理和思维方式。每天从三万六千公里的高度居高临下地看地球，他们看到了更大的图景，被无垠的太空所吸引。最终，水娃决心随着"中国太阳"飞出太阳系，去探索宇宙更深层的奥秘。这正是改革开放以来中国人心路历程的写照，也是对中国科幻小说蓬勃发展的一个注脚。

中国科幻小说的异军突起，显示中国人现在有了梦想的机会与实现的条件。中国科幻小说的读者不仅把自己看成是中国的一员，还是人类的一员，关注的不仅是现实，而且是一种在时间和空间上都更遥远的终极问题，这反映了中国年轻一代思维方式的深刻改变，这对中国的命运和世界的命运都会有长远的影响。

微纪元

回　归

先行者知道，他现在是全宇宙中唯一的一个人了。

他是在飞船越过冥王星时知道的，从这里看去，太阳是一个暗淡的星星，同三十年前他飞出太阳系时没有两样，但飞船计算机刚刚进行的视行差测量告诉他，冥王星的轨道外移了许多，由此可以计算出太阳比他启程时损失了4.74%的质量，由此又可推论出另外一个使他的心先是颤抖然后冰冻的结论。

那事已经发生过了。

其实，在他启程时人类已经知道那事要发生了，通过发射上万个穿过太阳的探测器，天体物理学家们确定了太阳将要发生一次短暂的能量闪烁，并损失大约5%的质量。

如果太阳有记忆，它不会对此感到不安，在那几十亿年的漫长生涯中，它曾经历过比这大得多的剧变，当它从星云的旋涡中诞生时，它的生命的剧变是以毫秒为单位的，在那辉煌的一刻，引力的坍缩使核聚变的火焰照亮星云混沌的黑暗……它知道自己的生命是一个过程，尽管现在处于这个过程中最稳定的时期，偶然的、小小的突变总是免不了的，就像平静的水面上不时有一个小气泡浮起并破裂。能量和质量的损失算不了什么，它还是它，一颗中等大小，视星等为 -26.8 的恒星。甚至太阳系的其他部分也不会受到太大的影响，水星可能被熔化，金星稠密的大气将被剥离，再往外围的行星所受的影响就更小了，火星颜色可能由于表面的熔化而由红变黑，地球嘛，只不过表面温度升高至 4000℃，这可能会持续 100 小时左右，海洋肯定会被蒸发，各大陆表面岩石也会熔化一层，但仅此而已。以后，太阳又将很快恢复原状，但由于质量的损失，各行星的轨道会稍微后移，这影响就更小了，比如地球，气温可能稍稍下降，降到零下 110℃左右，这有助于熔化的表面重新凝结，并使水和大气多少保留一些。

那时人们常谈起一个笑话，说的是一个人同上帝的对话：上帝啊，一万年对你是多么短啊！上帝说：就一秒钟。上帝啊，一亿元对你是多么少啊？上帝说：就一分钱。上帝啊，给我一分钱吧！上帝说：请等一秒钟。

现在，太阳让人类等了"一秒钟"：预测能量闪烁的时间是在一万八千年之后。这对太阳来说确实只是一秒钟，但却可以使目前活在地球上的人类对"一秒钟"后发生的事采取一种超然的态度，甚至当作一种哲学理念。影响不是没有的，人类文化一天天变得玩世不恭起来，但人类至少还有四五百代的时间可以从容地想想逃生的办法。

两个世纪以后，人类采取了第一个行动：发射了一艘恒星际飞船，在周围 100 光年以内寻找带有可移民行星的恒星，飞船被命名为方舟号，这批宇航员都被称为先行者。

方舟号掠过了六十颗恒星，也是掠过了六十个炼狱。其中只有一颗恒星有一颗卫星，那是一滴直径八千公里的处于白炽状态的铁水，因其液态，在运行中不断地改变着形状……方舟号此行唯一的成果，就是进一步证明了人类的孤独。

方舟号航行了二十三年时间，但这是"方舟时间"，由于飞船以接近光速行驶，地球时间已过了两万五千年。

本来方舟号是可以按预定时间返回的。

由于在接近光速时无法同地球通信，必须把速度降至光速的一半以下，这需要消耗大量的能量和时间。所以，方舟号一般每月减速一次，接收地球发来的信息，而当它下一次减速时，收到的已是地球一百多年后发出的信息了。方舟号和地球的时间，就像从高倍瞄准镜中看目标一样，瞄准镜稍微移动一下，镜中的目标就跨越了巨大的距离。方舟号收到的最后一条信息是在"方舟时间"自起航十三年，地球时间自起航一万七千年时从地球发出的，方舟号一个月后再次减速，发现地球方向已寂静无声了。一万多年前对太阳的计算可能稍有误差，在方舟号这一个月，地球这一百多年间，那事发生了。

方舟号真成了一艘方舟，但已是一艘只有诺亚一人的方舟。其他的七名先行者，有四名死于一颗在飞船四光年处突然爆发的新星的辐射，二人死于疾病，一人（是男人）在最后一次减速通信时，听着地球方向的寂静开枪自杀了。

以后，这唯一的先行者曾使方舟号保持在可通信速度很长时间，后来他把飞船加速到光速，心中那微弱的希望之火又使他很快把速度降下来聆听，由于减速越来越频繁，回归的行程拖长了。

寂静仍持续着。

方舟号在地球时间起程二万五千年后回到太阳系,比预定的晚了九千年。

纪念碑

穿过冥王星轨道后,方舟号继续飞向太阳系深处,对于一艘恒星际飞船来说,在太阳系中的航行如同海轮行驶在港湾中。太阳很快大了亮了,先行者曾从望远镜中看了一眼木星,发现这颗大行星的表面已面目全非,大红斑不见了,风暴纹似乎更加混乱。他没再关注别的行星,径直飞向地球。

先行者用颤抖的手按动了一个按钮,高大的舷窗的不透明金属窗帘正在缓缓打开。啊,我的蓝色水晶球,宇宙的蓝眼珠,蓝色的天使……先行者闭起双眼默默祈祷着,过了很长时间,才强迫自己睁开双眼。

他看到了一个黑白相间的地球。

黑色的是熔化后又凝结的岩石,那是墓碑的黑色;白色的是蒸发后又冻结的海洋,那是殓布的白色。

方舟号进入低轨道,从黑色的大陆和白色的海洋上空缓缓越过,先行者没有看到任何遗迹,一切都被熔化了,文明已成过眼烟云。但总该留个纪念碑的,一座能耐4000℃高温的纪念碑。

先行者正这么想,纪念碑就出现了。飞船收到了从地面发上来的一束视频信号,计算机把这信号显示在屏幕上,先行者首先看到了用耐高温摄像机拍下的两千多年前的大灾难景象。能量闪烁时,太阳并没有像他想象的那样亮度突然增强,太阳迸发出的能量主要以可见光之外的辐射传出。他看到,蓝色的天空突然变成地狱般的红色，接着又变成噩梦般的紫色；他看到，纪元城市中他熟悉的高楼群在几千度的高温中先是冒出浓烟，然后像火炭一样发出暗红色的光，最后像蜡一样熔化了；灼热的岩浆从高山上流下，形成了一道道巨大的瀑布，无数个这样的瀑布又汇成一条条发着红光的岩浆的大河，大地上火流的洪水在泛滥；原来是大海的地方，只有蒸气形成的高大的蘑菇云，这形状狰狞的云山下部映射着岩浆的红色，上部透出天空的紫色，在急剧扩大，很快一切都消失在这蒸气中……

当蒸气散去，又能看到景物时，已是几年以后了。这时，大地已从烧熔状态初步冷却，黑色的波纹状岩石覆盖了一切。还能看到岩浆河流，它们在大地上形成了错综复杂的火网。人类的痕迹已完全消失，文明如梦一样无影无踪了。又过了几年，水在高温状态下离解成的氢氧又重新化合成水，大暴雨从天而降，灼热的大地上再次蒸气弥漫，这时的世界就像在一个大蒸锅中一样阴暗闷热和潮湿。暴雨连下几十年，大地被进一步冷却，海洋渐渐恢复了。又过了上百年，因海水蒸发形成的阴云终于散去，天空现出蓝色，太阳再次出现了。再后来，由于地球轨道外移，气温急剧下降，大海完全冻结，天空万里无云，已死去的世界在严寒中变得很宁静了。

先行者接着看到了一个城市的图像：先看到如林的细长的高楼群，镜头从高楼群上方降下去，出现了一个广场，广场上一片人海。镜头再下降，先行者看到所有的人都在仰望着天空。镜头最后停在广场正中的一个平台上，平台上站着一个漂亮姑娘，好像只有十几岁，她在屏幕上冲着先行者挥挥手，娇滴滴地喊："喂，我们看到你了，像一个飞得很快的星星！你是方舟一号？！"

在旅途的最后几年，先行者的大部分时间是在虚现实游戏中度过的。在那个游戏中，计算机接收玩者的大脑信号，根据玩者思维构筑一个三维画面，这画面中的人和物还可根据玩者的思想做出有限的活动。先行者曾在寂寞中构筑过从家庭到王国的无数个虚世界，所以现在他一眼就看出这是一幅这样的画面。这个画面造得很拙劣，由于大脑中思维的飘忽性，这种由想象构筑的画面总有些不对的地方。但眼前这个画面中的错误太多了：首先，当镜头移过那些摩天大楼时，先行者看到有很多人从楼顶窗子中钻出，径直从几百米高处跳下来，经过让人头晕目眩的下坠，这些人都平安无事地落到地上；同时，地上有许多人一跃而起，像会轻功一样一下就跃上几层楼的高度，然后他们的脚踏上了楼壁上伸出的一小块踏板上（这样的踏板每隔几层就有一个，好像专门为此而设），再一跃，又飞上几层，就这样一直跳到楼顶，从某个窗子中钻进去。仿佛这些摩天大楼都没有门和电梯，人们就是用这种方式进出的。当镜头移到那个广场平台上时，先行者看到人海中有用线吊着的几个水晶球，那球直径可能有一米多。有人把手伸进水晶球，很轻易地抓出水晶球的一部分，在他们的手移出后晶莹的球体立刻恢复原状，而人们抓到手中的那部分立刻变成了一个小水晶球，那些人就把那个透明的小球扔进嘴里……除了这些明显的谬误外，有一点最能反映造这幅计算机画面的人思维的变态和混乱：在这城市的所有空间，都飘浮着一些奇形怪状的物体，它们大的有两三米，小的也有半米，有的像一块破碎的海绵，有的像一根弯曲的大树枝，那些东西缓慢地飘浮着，有一根大树枝飘向平台上的那个姑娘，她轻轻推开了它，那大树枝又打着转儿向远处飘去……先行者理解这些，在一个濒临毁灭的世界中，人们是不会有清晰和正常的思维的。

这可能是某种自动装置，在这大灾难前被人们深埋地下，躲过了高温和辐射，后来又自动升到这个已经毁灭的地面世界上。这装置不停地监视着太空，监测到零星回到地球的飞船时就自动发射那个画面，给那些幸存者以这样糟糕透顶又滑稽可笑的安慰。

"这么说后来又发射过方舟飞船？"先行者问。

"当然，又发射了十二艘呢！"那姑娘说。不说这个荒诞变态的画面的其他部分，这个姑娘造得倒是真不错，她那融合东西方精华的姣好的面容露出一副天真透顶的样子，仿佛她仰望的整个宇宙是一个大玩具。那双大眼睛好像会唱歌，还有她的长发，好像失重似的永远飘在半空不落下，使得她看上去像身处海水中的美人鱼。

"那么，现在还有人活着吗？"先行者问，他最后的希望像野火一样燃烧起来。

"您这样的人吗？"姑娘天真地问。

"当然是我这样的真人，不是你这样用计算机造出来的虚拟人。"

"前一艘方舟号是在七百三十年前回来的，您是最后一艘回归的方舟号了。请问您船上还有女人吗？"

"只有我一个人。"

"您是说没有女人了？！"姑娘吃惊地瞪大了眼。

"我说过只有我一人。在太空中还有没回来的其他飞船吗？"

姑娘把两只白嫩的小手儿在胸前绞着，"没有了！我好难过好难过啊，您是最后一个这样的人了！如果，呜呜……如果不克隆的话……呜呜……"这美人儿捂着脸哭起来，广场上的人群也是一片哭声。

先行者的心沉底，人类的毁灭最后证实了。

"您怎么不问我是谁呢？"姑娘又抬起头来仰望着他说，她又恢复了那副天真神色，好像转眼忘了刚才的悲伤。

"我没兴趣。"

姑娘娇滴滴地大喊："我是地球领袖啊！"

"对，她是地球联合政府的最高执政官！"下面的人也都一齐闪电般地由悲伤转为兴奋，这真是个拙劣到家的制品。

先行者不想再玩这种无聊的游戏了，他起身要走。

"您怎么这样？！首都的全体公民都在这儿迎接您，前辈，您不要不理我们啊！"姑娘带着哭腔喊。

先行者想起了什么，转过身来问："人类还留下了什么？"

"照我们的指引着陆，您就会知道！"

首　都

先行者进入了着陆舱，把方舟号留在轨道上，在那束信息波的指引下开始着陆。他戴着一副视频眼镜，可以从其中的一个镜片上看到信息波传来的那个画面。

"前辈，您马上就要到达地球首都了，这虽然不是这个星球上最大的城市，但肯定是最美丽的城市，您会喜欢的！不过您的落点要离城市远些,我们不希望受到伤害……"画面上那个自称地球领袖的女孩还在喋喋不休。

先行者在视频眼镜中换了一个画面,显示出着陆舱正下方的区域,现在高度只有一万多米了,下面是一片黑色的荒原。

后来,画面上的逻辑更加混乱起来,也许是几千年前那个画面的构造者情绪沮丧到了极点,也许是发射画面的计算机的内存在这几千年的漫长岁月中老化了。画面上,那姑娘开始唱起歌来:

啊,尊敬的使者,你来自宏纪元!
辉煌的宏纪元,
伟大的宏纪元,
美丽的宏纪元,
你是烈火中消逝的梦……

这个漂亮的歌手唱着唱着开始跳起来,她一下从平台跳上几十米的半空,落到平台上后又一跳,居然飞越了大半个广场,落到广场边上的一座高楼顶上,又一跳,飞过整个广场,落到另一边,看上去像一只迷人的小跳蚤。她有一次在空中抓住一根几米长的奇形怪状的飘浮物,那根大树干载着她在人海上空盘旋,她在上面优美地扭动着苗条的身躯。

下面的人海沸腾起来,所有人都大声合唱:"宏纪元,宏纪元……"每个人轻轻一跳就能升到半空,以致整个人群看起来如撒到振动鼓面上的一片沙子。

先行者实在受不了了,他把声音和图像一起关掉。他现在知道，大灾难前的人们嫉妒他们这些跨越时空的幸存者，所以做了这些变态的东西来折磨他们。但过了一会儿，当那画面带来的烦恼消失一些后，当感觉到着陆舱接触地面的震动时，他产生了一个幻觉：也许他真的降落在一个高空看不清楚的城市中？当他走出着陆舱，站在那一望无际的黑色荒原时，幻觉消失，失望使他浑身冰冷。

先行者小心地打开宇航服的面罩，一股寒气扑面而来，空气很稀薄，但能维持人的呼吸。气温在摄氏零下40℃左右。天空呈一种大灾难前黎明和黄昏时的深蓝色，但现在太阳正在空中照耀着，先行者摘下手套，没有感到它的热力。由于空气稀薄，阳光散射较弱，天空中能看到几颗较亮的星星。脚下是刚凝结了两千年左右的大地，到处可见岩浆流动的波纹形状，地面虽已开始风化，仍然很硬，土壤很难见到。这带波纹的大地伸向天边，其间有一些小小的丘陵。在另一个方向，可以看到冰封的大海在地平线处闪着白光。

先行者仔细打量四周，看到了信息波的发射源，那儿有一个镶在地面岩石中的透明半球护面，直径大约有一米，半球护面下似乎扣着一片很复杂的结构。他还注意到远处的地面上还有几个这样的透明半球，相互之间隔着二三十米，像地面上的几个大水泡，反射着阳光。

先行者又在他的左镜片中打开了画面，在计算机的虚拟世界中，那个恬不知耻的小骗子仍在那根飘浮在半空中的大树枝上忘情地唱着扭着，并不时向他送飞吻，下面广场上所有的人都在向他欢呼。

宏伟的宏纪元！
浪漫的宏纪元！
忧郁的宏纪元！
脆弱的宏纪元！

先行者木然地站着，深蓝色的苍穹中，明亮的太阳和晶莹的星星在闪耀，整个宇宙围绕着他——最后一个人类。

孤独像雪崩一样埋住了他，他蹲下来捂住脸抽泣起来。

歌声戛然而止，虚拟画面中的所有人都关切地看着他，那姑娘骑在半空中的大树枝上，突然嫣然一笑。

"您对人类就这么没信心吗？"

这话中有一种东西使先行者浑身一震，他真的感觉到了什么，站起身来。他突然注意到，左镜片画面中的城市暗了下来，仿佛阴云在一秒钟内遮住了天空。他移动脚步，城市立即亮了起来。他走近那个透明半球，俯身向里面看，他看不清里面那些密密麻麻的细微结构，但看到左镜片中的画面上，城市的天空立刻被一个巨大的东西占据了。

那是他的脸。

"我们看到您了！您能看清我们吗？！去拿个放大镜吧！"姑娘大叫起来，广场上的人海再次沸腾起来。

先行者明白了一切。他想起了那些跳下高楼的人们，在微小环境下重力是不会造成伤害的，同样，在那样的尺度下，人也可以轻易地跃上几百米（几百微米？）的高楼。那些大水晶球实际上就是水，在微小的尺度下水的表面张力处于统治地位，那是一些小水珠，人们从这些水珠中抓出来喝的水珠就更小了。城市空间中飘浮的那些看上去有几米长的奇怪东西，包括载着姑娘飘浮的大树枝，只不过是空气中细微的灰尘。

那个城市不是虚拟的，它就像两万五千年前人类的所有城市一样真实，它就在这个一米直径的半球形透明玻璃罩中。

人类还在，文明还在。

在微型城市中，飘浮在树枝上的姑娘——地球联合政府最高执政官，向几乎占满整个宇宙的先行者自信地伸出手来。

"前辈，微纪元欢迎您。"

微人类

"在大灾难到来前的一万七千年中，人类想尽了逃生的办法，其中最容易想到的是恒星际移民，但包括您这艘在内的所有方舟飞船都没有找到带有可居住行星的恒星。即使找到了，以大灾难前一个世纪人类的宇航技术，连移民千分之一的人类都做不到。另一个设想是移居到地层深处，躲过太阳能量闪烁后再出来。这不过是拖长死亡的过程而已，大灾难后地球的生态系统将被完全摧毁，养活不了人类的。

"有一段时期，人们几乎绝望了。但某位基因工程师的脑海中闪现了这样一个火花：如果把人类的体积缩小十亿倍会怎么样？这样人类社会的尺度也缩小了十亿倍，只要有很微小的生态系统，消耗很微小的资源就可生存下来。很快全人类都意识到这是拯救人类文明唯一可行的办法。这个设想是以两项技术为基础的，其一是基因工程，在修改人类基因后，人类将缩小至 10 微米左右，只相当于一个细胞大小，但其身体的结构完全不变；做到这点是完全可能的，人和细菌的基因本来就没有太大的差别。另一项是纳米技术，这是一项在二十世纪就发展起来的技术，那时人们已经能造出细菌大小的发电机了，后来人们可以在纳米尺度造出从火箭到微波炉的一切设备，只是那些纳米工程师做梦都不会想到他们的产品的最后用途。

"培育第一批微人类似于克隆：从一个人类细胞中抽取全部遗传信息，然后培育出同主体一模一样的微人，但其体积只是主体的十亿分之一。以后他们就同宏人（微人对你们的称呼，他们还把你们的时代叫宏纪元）一样生育后代了。

"第一批微人的亮相极富戏剧性，有一天，大约是您的飞船起航后一万二千年吧，全球的电视上都出现了一个教室，教室中有三十个孩子在上课，画面极其普通，孩子是普通的孩子，教室是普通的教室，看不出任何特别之处。但镜头拉开，人们发现这个教室是放在显微镜下拍摄的……"

"我想问，"先行者打断最高执政官的话，"以微人这样微小的大脑，能达到宏人的智力吗？"

"那么您认为我是个傻瓜了？鲸鱼也并不比您聪明！智力不是由大脑的大小决定的，以微人大脑中的原子数目和它们的量子状态的数目来说，其信息处理能力是像宏人大脑一样绰绰有余的……嗯，您能请我们到那艘大飞船去转转吗？"

"当然，很高兴，可……怎么去呢？"

"请等我们一会儿！"

于是，最高执政官跳上了半空中一个奇怪的飞行器，那飞行器就像一片带螺旋浆的大羽毛。接着，广场上的其他人也都争着向那片"羽毛"上跳。这个社会好像完全没有等级观念，那些从人海中随机跳上来的人肯定是普通平民，他们有老有少，但都像最高执政官姑娘一样一身孩子气，兴奋地吵吵闹闹。这片"羽毛"上很快挤满了人，空中不断出现新的"羽毛"，每片刚出现，就立刻挤满了跳上来的人。最后，城市的天空中飘浮着几百片载满微人的"羽毛"，它们在最高执政官那片的带领下，浩浩荡荡向一个方向飞去。

先行者再次伏在那个透明半球上方，仔细地观察着里面的微城市。这一次，他能分辨出那些摩天大楼了，它们看上去像一片密密麻麻的直立的火柴棍。先行者穷极自己的目力，终于分辨出了那些像羽毛的交通工具，它们像一杯清水中漂浮的细小的白色微粒，如果不是几百片一群，根本无法分辨出来。凭肉眼看到人是不可能的。

在先行者视频眼镜的左镜片中，那由一个微人摄像师用小得无法想象的摄像机实况拍摄的画面仍很清晰，现在那摄像师也在一片"羽毛"上。先行者发现，在微城市的交通中，碰撞是一件随时都在发生的事。那群快速飞行的"羽毛"不时互相撞在一起，撞在空中飘浮的巨大尘粒上，甚至不时迎面撞到高耸的摩天大楼上！但飞行器和它的乘员都安然无恙，似乎没有人去注意这种碰撞。其实这是个初中生都能理解的物理现象：物体的尺度越小，整体强度就越高，两辆自行车碰撞与两艘万吨轮碰撞的后果是完全不一样的，如果两粒尘埃相撞，它们会毫无损伤。微世界的人们似乎都有金刚之躯，毫不担心自己会受伤。当"羽毛"群飞过时，旁边的摩天大楼上不时有人从窗中跃出，想跳上其中的一片，这并不总是能成功的，于是那人就从几百米处开始了令先行者头晕目眩的下坠，而那些下坠中

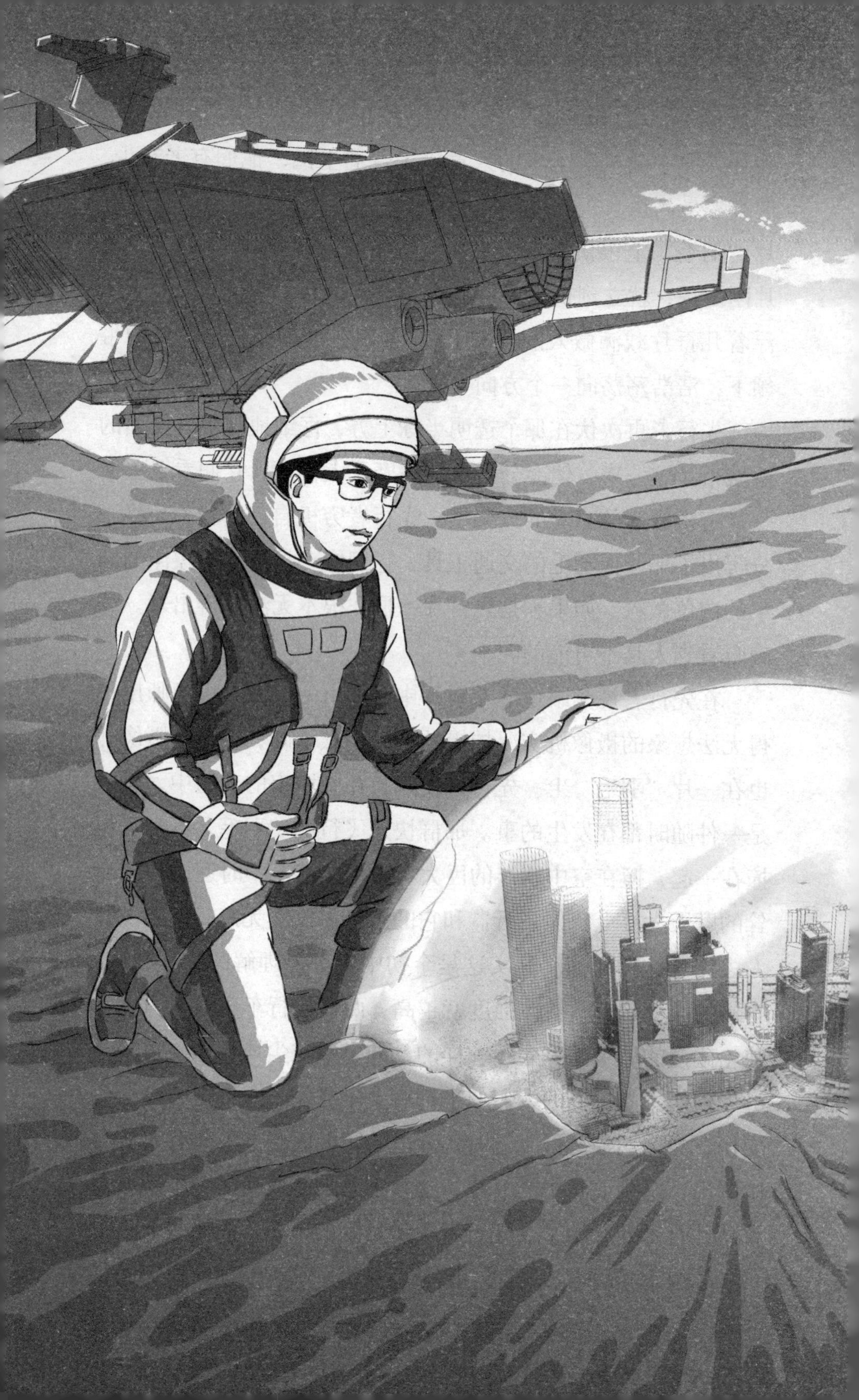

的微人，还在神情自若地同经过的大楼窗子中的熟人打招呼！

"呀，您的眼睛像黑色的大海，好深好深，带着深深的忧郁呢！您的忧郁罩住了我们的城市，您把它变成一个博物馆了！呜呜呜……"最高执政官又伤心地哭了起来，别的人也都同她一起哭，任他们乘坐的"羽毛"在摩天大楼间撞来撞去。

先行者也从左镜片中看到了城市的天空中自己那双巨大的眼睛，那放大了上亿倍的忧郁深深震撼了他自己。"为什么是博物馆呢？"先行者问。

"因为只有在博物馆中才有忧郁，微纪元是无忧无虑的纪元！"地球领袖高声欢呼，尽管泪滴还挂在她那娇嫩的脸上，但她已完全没有悲伤的痕迹了。

"我们是无忧无虑的纪元！！"其他人也都忘情地欢呼起来。

先行者发现，微纪元人类的情绪变化比宏纪元快上百倍，这变化主要表现在悲伤和忧郁这类负面情绪上，他们能在一瞬间从这种情绪中跃出。还有一个发现让他更惊奇：由于这类负面情绪在这个时代十分少见，以至于微人们把它当成了稀罕物，一有机会就迫不及待地去体验。

"您不要像孩子那样忧郁，您很快就会发现，微纪元没有什么可忧虑的！"

这话使先行者万分惊奇，他早看到微人的精神状态很像宏时代的孩子，但孩子的精神状态还要夸张许多倍才真正像他们。"你是说，在这个时代，人们越长越……越幼稚？！"

"我们越长越快乐！"领袖女孩说。

"对，微纪元是越长越快乐的纪元！"众人大声应和着。

"但忧郁也是很美的，像月光下的湖水，它代表着宏时代的田园爱情，呜呜呜……"地球领袖又大放悲声。

"对，那是一个多美的时代啊！"其他微人也眼泪汪汪地附和着。

先行者笑起来，"你们根本不知道什么是忧郁，小人儿，真正的忧郁是哭不出来的。"

"您会让我们体验到的！"最高执政官又恢复到兴高采烈的状态。

"但愿不会。"先行者轻轻地叹息说。

"看，这就是宏纪元的纪念碑！" 当"羽毛"群飞过另一个城市广场时，最高执政官介绍说。先行者看到那个纪念碑是一根粗大的黑色柱子，有过去的巨型电视塔那么粗，表面覆盖着无数片车轮大小的黑色巨瓦，叠合成鱼鳞状，高耸入云。他看了好长时间才明白，那是一根宏人的头发。

宴 会

"羽毛"群从半球形透明罩上的一个看不见的出口飞了出来，这时，最高执政官在视频画面中对先行者说："我们距您那个飞行器有一百多公里呢，我们还是落到您的手指上，您把我们带过去快些。"

先行者回头看看身后不远处的着陆舱，心想他们可能把计量单位也都微缩了。他伸出手指，"羽毛"群落了上来，看上去像是在手指上飘落了一小片细小的白色粉末。

从视频画面中先行者看到，自己的指纹如一道道半透明的山脉，降落在其上的"羽毛"飞行器显得很小。最高执政官第一个从"羽毛"上跳下来,立刻摔了个四脚朝天。

"太滑了,您是油性皮肤!"她抱怨着,脱下鞋子远远地扔出去,光着脚丫好奇地来回转着。其他人也都下了"羽毛",手指上的半透明山脉间现在有了一片人海。先行者粗略估计了一下,他的手指上现在有一万多人!

先行者站起来,伸着手指小心翼翼地向着陆舱走去。

刚进入着陆舱,微人群中就有人大喊:"哇,看那金属的天空,人造的太阳!"

"别大惊小怪,像个白痴!这只是小渡船,上面那个才大呢!"最高执政官训斥道,但她自己也惊奇地四下张望,然后又同众人一起唱起那支奇怪的歌来:

  辉煌的宏纪元,
  伟大的宏纪元,
  忧郁的宏纪元,
  你是烈火中消逝的梦……

在着陆舱起飞飞向方舟号的途中,地球领袖继续讲述微纪元的历史。

"微人社会和宏人社会共存了一个时期,在这段时间里,微人完全掌握了宏人的知识,并继承了他们的文化。同时,微人在纳米技术的基础上,发展起了一个十分先进的技术文明。这宏纪元向微纪元的过渡时期大概有,嗯,二十代人左右吧。

"后来,大灾难临近,宏人不再进行传统生育了,他们的数量一天天减少;而微人的人口飞快增长,社会规模急剧增大,很快超过了宏人。这时，微人开始要求接管世界政权，这在宏人社会中激起了轩然大波，顽固派们拒绝交出政权，用他们的话说，怎么能让一帮细菌领导人类。于是，在宏人和微人之间爆发了一场世界大战！"

"那对你们可太不幸了！"先行者同情地说。

"不幸的是宏人，他们很快就被击败了。"

"这怎么可能呢？他们一个人用一把大锤就可以捣毁你们一座上百万人的城市。"

"可微人不会在城市里同他们作战的。宏人的那些武器对付不了微人这样看不见的敌人，他们能使用的唯一武器就是消毒剂，而他们在整个文明史上一直用这东西同细菌作战，最后也并没有取得胜利。他们现在要战胜的是有他们一样智力的微人，取胜就更没可能了。他们看不到微人军队的调动，而微人可以轻而易举地在他们眼皮底下腐蚀掉他们的计算机的芯片，没有计算机，他们还能干什么呢？大不等于强大。"

"现在想想是这样。"

"那些战犯得到了应有的下场，几千名微人的特种部队带着激光钻头空降到他们的视网膜上……"领袖女孩恶狠狠地说。

"战后，微人取得了世界政权，宏纪元结束了，微纪元开始了！"

"真有意思！"

登陆舱进入了近地轨道上的方舟号，微人们乘着"羽毛"四处观光，这艘飞船之巨大令微人们目瞪口呆。先行者本想从他们那里听到赞叹的话，但最高执政官这样告诉他自己的感想：

"现在我们知道，就是没有太阳的能量闪烁，宏纪元也会灭亡的。你们对资源的消耗是我们的几亿倍!"

"但这艘飞船能够以接近光速的速度飞行,可以到达几百光年远的恒星,小人儿,这件事,只能由巨大的宏纪元来做。"

"我们目前确实做不到,我们的飞船目前只能达到光速的十分之一。"

"你们能宇宙航行?!"先行者大惊失色。

"当然不如你们。微纪元的飞船队最远到达金星,刚收到他们的信息,说那里现在比地球更适合居住。"

"你们的飞船有多大?"

"大的有你们时代的,嗯,足球那么大,可运载十几万人;小的嘛,只有高尔夫球那么大,当然是宏人的高尔夫球。"

现在,先行者最后的一点优越感荡然无存了。

"前辈,您不请我们吃点什么吗?我们饿了!"当所有"羽毛"飞行器重新聚集到方舟号的控制台上时,地球领袖代表所有人提出要求,几万个微人在控制台上眼巴巴地看着先行者。

"我从没想到会请这么多人吃饭。"先行者笑着说。

"我们不会让您太破费的!"女孩怒气冲冲地说。

先行者从贮藏舱拿出一听午餐肉罐头,打开后,他用小刀小心地剜下一小块,放到控制台上那一万多人的旁边,他们能看到他们所在的位置,那是控制台上一小块比硬币大些的圆形区域,那区域只是光滑度比周围差些,像在上面呵了口气一样。

"怎么拿出这么多?这太浪费了!"地球领袖指责道,从面前的大屏幕上可以看到,在她身后,人们涌向一座巍峨的肉山,从那粉红色的山体里抓出一块块肉来大吃着。再看看控制台上,那小块肉丝毫不见减少。屏幕上,拥挤的人群很快散开了，有人还把没吃完的肉扔掉，领袖女孩拿着一块咬了一口的肉摇摇头。

"不好吃。"她评论说。

"当然，这是生态循环机中合成的，味道肯定好不了。"先行者充满歉意地说。

"我们要喝酒！"地球领袖又提出要求，这又引起了微人们的一片欢呼。先行者吃惊不小，因为他知道酒是能杀死微生物的！

"喝啤酒吗？"先行者小心翼翼地问。

"不，喝苏格兰威士忌或莫斯科伏特加！"地球领袖说。

"茅台酒也行！"有人喊。

先行者还真有一瓶茅台酒，那是他自起航时一直保留在方舟号上，准备在找到新殖民行星时喝的。他把酒拿出来，把那白色瓷瓶的盖子打开，小心地把酒倒在盖子中，放到人群的边上。他在屏幕上看到，人们开始攀登瓶盖那道似乎高不可攀的悬崖绝壁，光滑的瓶盖在微尺度下有大块的突出物，微人用他们上摩天大楼的本领很快攀到了瓶盖的顶端。

"哇，好美的大湖！"微人们齐声赞叹。从屏幕上，先行者看到那个广阔酒湖的湖面由于表面张力而呈巨大的弧形。微人记者的摄像机一直跟着最高执政官，这个女孩先用手去抓酒，但够不着，她接着坐到瓶盖沿上，用一只白嫩的小脚在酒面上划了一下，她的脚立刻包在一个透明的酒珠里，她把脚伸上来，用手从脚上那个大酒珠里抓出了一个小酒珠，放进嘴里。

"哇，宏纪元的酒比微纪元好多了。"她满意地点点头。

"很高兴我们还有比你们好的东西，不过你这样用脚够酒喝，太不卫生了。"

"我不明白。"她不解地仰望着他。

"你光脚走了那么长的路，脚上会有病菌什么的。"

"啊，我想起来了！"地球领袖大叫一声，从旁边一个随行者的手中接过一个箱子，她把箱子打开，从中取出一个活物，那是一个足球大小的圆家伙，长着无数只乱动的小腿，她抓着其中一只小腿把那东西举起来。"看，这是我们的城市送您的礼物！乳酸鸡！"

先行者努力回忆着他的微生物学知识，"你说的是……乳酸菌吧！"

"那是宏纪元的叫法，这就是使酸奶好吃的动物，它是有益的动物！"

"有益的细菌。"先行者纠正说，"现在我知道细菌确实伤害不了你们，我们的卫生观念不适合微纪元。"

"那不一定，有些动物，呵，细菌，会咬人的，比如大肠肝狼，战胜它们需要体力，但大部分动物，像酵母猪，是很可爱的。"地球领袖说着，又从脚上取下一团酒珠送进嘴里。当她抖掉脚上剩余的酒球站起来时，已喝得摇摇晃晃了，舌头也有些打不过转来。

"真没想到人类连酒都没有失传！"

"我……我们继承了人类所有美好的东西，但那些宏人却认为我们无权代……代表人类文明……"地球领袖可能觉得天旋地转，又一屁股坐在地上。

"我们继承了人类所有的哲学，西方的，东方的，希腊的，中国的！"人群中有一个声音说。

地球领袖坐在那儿向天空伸出双手大声朗诵着:"没人能两次进入同一条河流;道生一,一生二,二生三,三生万……万物!"

"我们欣赏梵高的画,听贝多芬的音乐,演莎士比亚的戏剧!"

"活着还是死了,这是个……是个问题!"领袖女孩又摇摇晃晃站起,扮演起哈姆雷特来。

"但在我们的纪元,你这样儿的女孩是做梦也当不了世界领袖的。"先行者说。

"宏纪元是忧郁的纪元,有着忧郁的政治;微纪元是无忧无虑的纪元,需要快乐的领袖。"最高执政官说,她现在看起来清醒了许多。

"历史还没……没讲完,刚才讲到,哦,战争,宏人和微人间的战争,后来微人之间也爆发过一次世界大战……"

"什么?不会是为了领土吧?"

"当然不是,在微纪元,要是有什么取之不尽的东西的话,就是领土了。是为了一些……一些宏人无法理解的事,在一场最大的战役中,战线长达……哦,按你们的计量单位吧,一百多米,那是多么广阔的战场啊!"

"你们所继承的宏纪元的东西比我想象的多多了。"

"再到后来,微纪元就集中精力为即将到来的大灾难做准备了。微人用了五个世纪的时间,在地层深处建造了几千座超级城市,每座城市在您看来是一个直径两米的不锈钢大球,可居住上千万人。这些城市都建在地下八万公里深处……"

"等等,地球半径只有六千公里。"

"哦,我又用了我们的单位,那是你们的,嗯,八百米深吧!当太阳能量闪烁的征兆出现时,微世界便全部迁移到地下。然后，然后就是大灾难了。

"在大灾难后的四百年，第一批微人从地下城中沿着宽大的隧道（大约有宏人时代的自来水管的粗细）用激光钻透凝结的岩浆来到地面，又过了五个世纪，微人在地面上建起了人类的新世界，这个世界有上万个城市，一百八十亿人口。

"微人对人类的未来是乐观，这种乐观之巨大之毫无保留，是宏纪元的人们无法想象的。这种乐观的基础，就是微纪元社会尺度的微小，这种微小使人类在宇宙中的生存能力增强了上亿倍。比如您刚才打开的那听罐头，够我们这座城市的全体居民吃一到两年，而那个罐头盒，又能满足这座城市一到两年的钢铁消耗。"

"作为一个宏纪元的人，我更能理解微纪元文明这种巨大的优势，这是神话，是史诗！"先行者由衷地说。

"生命进化的趋势是向小的方向，大不等于伟大，微小的生命更能同大自然保持和谐。巨大的恐龙灭绝了，同时代的蚂蚁却生存下来。现在，如果有更大的灾难来临，一艘像您的着陆舱那样大小的飞船就可能把全人类运走，在太空中一块不大的陨石上，微人也能建立起一个文明，创造一种过得去的生活。"

沉默了许久，先行者对着他面前占据硬币般大小面积的微人人海庄严地说："当我再次看到地球时，当我认为自己是宇宙中最后一个人时，我是全人类最悲哀的人，哀莫大于心死，没有人曾面对过那样让人心死的境地。但现在，我是全人类最幸福的人，至少是宏人中最幸福的人，我看到了人类文明的延续，其实用文明的延续来形容微纪元是不够的，这是人类文明的升华！我们都是一脉相承的人类，现在，我请求微纪元接纳我作为你们社会中一名普通的公民。"

"从我们探测到方舟号时我们已经接纳您了，您可以到地球上生活，微纪元供应您一个宏人的生活还是不成问题的。"

"我会生活在地球上，但我需要的一切都能从方舟号上得到，飞船的生态循环系统足以维持我的残生了，宏人不能再消耗地球的资源了。"

"但现在情况正在好转，除了金星的气候正变得适于人类外，地球的气温也正在转暖，海洋正在融化，可能到明年，地球上很多地方将会下雨，将能生长植物。"

"说到植物，你们见过吗？"

"我们一直在保护罩内种植苔藓，那是一种很高大的植物，每个分枝有十几层楼高呢！还有水中的小球藻……"

"你们听说过草和树木吗？"

"您是说那些像高山一样巨大的宏纪元植物吗？唉，那是上古时代的神话了。"

先行者微微一笑，"我要办一件事情，回来时，我将给你们看我送给微纪元的礼物，你们会很喜欢那些礼物的！"

新　生

先行者独自走进了方舟号上的一间冷藏舱，冷藏舱内整齐地摆放着高大的支架，支架上放着几十万个密封管，那是种子库，其中收藏了地球上几十万种植物的种子，这是方舟号准备带往遥远的移民星球上去的。还有几排支架，那是胚胎库，冷藏了地球上十几万种动物的胚胎细胞。

明年气候变暖时,先行者将到地球上去种草,这几十万类种子中,有生命力极强的能在冰雪中生长的草,它们肯定能在现在的地球上种活的。

只要地球的生态能恢复到宏时代的十分之一,微纪元就拥有了一个天堂中的天堂,事实上地球能恢复的可能远不止于此。先行者沉醉在幸福的想象之中,他想象着当微人们第一次看到那棵顶天立地的绿色小草时的狂喜。那么一小片草地呢?一小片草地对微人意味着什么?一个草原!一个草原又意味着什么?那是微人的一个绿色的宇宙了!草原中的小溪呢?当微人们站在草根下看着清澈的小溪时,那在他们眼中是何等壮丽的奇观啊!地球领袖说过会下雨,会下雨就会有草原,就会有小溪的!还一定会有树!天啊,树!先行者想象一支微人探险队,从一棵树的根部出发开始他们漫长而奇妙的旅程,每一片树叶,对他们来说都是一个一望无际的绿色平原……还会有蝴蝶,它的双翅是微人眼中横贯天空的彩云;还会有鸟,每一声啼鸣在微人耳中都是一声来自宇宙的洪钟……是的,地球生态资源的千亿分之一就可以哺育微纪元的一千亿人口!现在,先行者终于理解了微人们向他反复强调的一个事实。

微纪元是无忧无虑的纪元。

没有什么能威胁到微纪元,除非……

先行者打了一个寒战,他想起了自己要来干的事,这事一秒钟也不能耽搁了。他走到一排支架前,从中取出了一百支密封管。

这是他同时代人的胚胎细胞,宏人的胚胎细胞。

先行者把这些密封管放进激光废物焚化炉,然后又回到冷藏库仔细看了好几遍,他在确认没有漏掉这类密封管后,回到焚化炉边,毫不动感情地,他按动了按钮。

在激光束几十万度的高温下,装有胚胎的密封管瞬间汽化了。

名师赏析

正如同其他科幻作家那样,刘慈欣描写了许多人类可能面临的危机,并设想了各种解决方案。《微纪元》可以与《流浪地球》对照起来看,两个作品中的人类面临的都是来自太阳的灾难,但应对之道完全不一样。一个是向外走向星辰大海,一个是向内把自己的世界微缩化。也许你也能想到这样的点子,但是怎样把这个点子发展成为一个栩栩如生的世界,这就是刘慈欣的长项了。

作品中最精彩的场面是向外发展的宏人和向内发展的微人的相遇,这既是宏观世界与微观世界的碰撞,是现实与虚拟的融合,也是传统人类与新人类的交往,非常富有象征意义。在试管中培养出的纯真、快乐、没有现实负担的微人类,能在世界的末日之后幸福地生存下去吗?作者并没有给我们现成的答案。最后一个宏人的选择,恰恰代表了一个更为开放的结局。

诗 云

伊依一行三人乘一艘游艇在南太平洋上做吟诗航行，他们的目的地是南极，如果几天后能顺利地到达那里，他们将钻出地壳去看诗云。

今天，天空和海水都很清澈，对于作诗来说，世界显得太透明了。抬头望去，平时难得一见的美洲大陆清晰地出现在天空中，在东半球构成的覆盖世界的巨大穹顶上，大陆好像是墙皮脱落的区域……

哦，现在人类生活在地球里面，更准确地说，人类生活在气球里面，哦，地球已变成了气球。地球被掏空了，只剩下厚约一百公里的一层薄壳，但大陆和海洋还原封不动地存在着，只不过都跑到里面了，球壳的里面。大气层也还存在，也跑到球壳里面了，所以地球变成了气球，一个内壁贴着海洋和大陆的气球。空心地球仍在自转，但自转的意义与以前已大不相同：它产生重力，构成薄薄地壳的那点质量产生的引力是微不足道的，地球重力现在主要由自转的离心力来产生了。但这样的重力在世界各个区域是不均匀的：赤道上最强，约为 1.5 个原地球重力，随着纬度增高，重力也渐渐减小，两极地区的重力为零。现在吟诗游艇航行的纬度正好是原地球的标准重力，但很难令伊依找到已经消失的实心地球上旧世界的感觉。

空心地球的球心悬浮着一个小太阳，现在正以正午的阳光照耀着世界。这个太阳的光度在二十四小时内不停地变化，由最亮渐变至熄灭，给空心地球里面带来昼夜更替。在适当的夜里，它还会发出月亮的冷光，但只是从一点发出的，看不到圆月。

游艇上的三人中有两个其实不是人，他们中的一个是一头名叫大牙的恐龙，它高达十米的身躯一移动，游艇就跟着摇晃倾斜，这令站在船头的吟诗者很烦。吟诗者是一个干瘦老头儿，同样雪白的长发和胡须混在一起飘动，他身着唐朝的宽大古装，仙风道骨，仿佛是在海天之间挥洒写就的一个狂草字。

这就是新世界的创造者，伟大的——李白。

礼　物

事情是从十年前开始的。当时，吞食帝国刚刚完成了对太阳系长达两个世纪的掠夺，来自远古的恐龙驾驶着那个直径五万公里的环形世界飞离太阳，航向天鹅座方向。吞食帝国还带走了被恐龙掠去当作小家禽饲养的十二亿人类。但就在接近土星轨道时，环形世界突然开始减速，最后竟沿原轨道返回，重新驶向太阳系内层空间。

在吞食帝国开始它的返程后的一个大环星期，使者大牙乘它那艘如古老锅炉般的飞船飞离大环，它的衣袋中装着一个叫伊依的人类。

"你是一件礼物！"大牙对伊依说，眼睛看着舷窗外黑暗的太空，它那粗放的嗓音震得衣袋中的伊依浑身发麻。

"送给谁？"伊依在衣袋中仰头大声问，他能从袋口看到恐龙的下颚，像是一大块悬崖顶上突出的岩石。

"送给神！神来到了太阳系，这就是帝国返回的原因。"

"是真的神吗？"

"它们掌握了不可思议的技术，已经纯能化，并且能在瞬间从银河系的一端跃迁到另一端，这不就是神了。如果我们能得到那些超级技术的百分之一，吞食帝国的前景就很光明了。我们正在完成一个伟大的使命，你要学会讨神喜欢！"

"为什么选中了我，我的肉质是很次的。"伊依说，他三十多岁，与吞食帝国精心饲养的那些肌肤白嫩的人类相比，他的外貌很有些沧桑感。

"神不吃虫虫，只是收集，我听饲养员说你很特别，你好像还有很多学生？"

"我是一名诗人，现在在饲养场的家禽人中教授人类的古典文学。"伊依很吃力地念出了"诗""文学"这类在吞食语中很生僻的词。

"无用又无聊的学问，你那里的饲养员默许你授课，是因为其中的一些内容在精神上有助于改善虫虫们的肉质……我观察过，你自视清高目空一切，对于一个被饲养的小家禽来说，这应该是很有趣的。"

"诗人都是这样！"伊依在衣袋中站直，虽然知道大牙看不见，还是骄傲地昂起头。

"你的先辈参加过地球保卫战吗？"

伊依摇摇头："我在那个时代的先辈也是诗人。"

"一种最无用的虫虫，在当时的地球上也十分稀少了。"

"他生活在自己的内心世界里，对外部世界的变化并不在意。"

"没出息……呵，我们快到了。"

听到大牙的话，伊依把头从衣袋中伸出来，透过宽大的舷窗向外看，看到了飞船前方那两个发出白光的物体。那是悬浮在太空中的一个正方形平面和一个球体，当飞船移动到与平面齐平时，它在星空的背景上短暂地消失了一下，这说明它几乎没有厚度；那个完美的球体悬浮在平面正上方，两者都发出柔和的白光，表面均匀得看不出任何特征。这两个东西仿佛是从计算机图库中取出的两个元素，是这纷乱的宇宙中两个简明而抽象的概念。

"神呢？"伊依问。

"就是这两个几何体啊，神喜欢简洁。"

距离拉近，伊依发现平面有足球场大小，飞船在向平面上降落，它的发动机喷出的火流首先接触到平面，仿佛只是接触到一个幻影，没有在上面留下任何痕迹，但伊依感到了重力和飞船接触平面时的震动，说明它不是幻影。大牙显然以前已经来过这里，没有犹豫就拉开舱门走了出去，伊依看到他同时打开了气密过渡舱的两道舱门，心一下抽紧了，但他并没有听到舱内空气涌出时的呼啸声，当大牙走出舱门后，衣袋中的伊依嗅到了清新的空气，伸到外面的脸上感到了习习的凉风……这是人和恐龙都无法理解的超级技术，它温柔和漫不经心的展示震撼了伊依，与人类第一次见到吞食者时相比，这震撼更加深入灵魂。他抬头望望，以灿烂的银河为背景，球体悬浮在他们上方。

"使者,这次你又给我带来了什么小礼物?"神问。他说的是吞食语,声音不高,仿佛从无限远处的太空深渊中传来,让伊依第一次感觉到这种粗陋的恐龙语言听起来很悦耳。

大牙把一只爪子伸进衣袋,抓出伊依放到平面上,伊依的脚底感到了平面的弹性。大牙说:"尊敬的神,得知您喜欢收集各个星系的小生物,我带来了这个很有趣的小东西:地球人类。"

"我只喜欢完美的小生物,你把这么肮脏的虫子拿来干什么?"神说,球体和平面发出的白光微微地闪动了两下,可能是表示厌恶。

"您知道这种虫虫?!"大牙惊奇地抬起头。

"只是听这个旋臂的一些航行者提到过,不是太了解。在这种虫子不算长的进化史中,这些航行者曾频繁地光顾地球,这种生物的思想之猥琐、行为之低劣、其历史之混乱和肮脏,都很让他们恶心,以至于直到地球世界毁灭之前,也没有一个航行者屑于同它们建立联系……快把它扔掉。"

大牙抓起伊依,转动着硕大的脑袋看看可该往哪儿扔,"垃圾焚化口在你后面。"神说。大牙一转身,看到身后的平面上突然出现了一个小圆口,里面闪着蓝幽幽的光……

"你不要这样说!人类建立了伟大的文明!!"伊依用吞食语声嘶力竭地大喊。

球体和平面的白光又颤动了两次,神冷笑了两声:"文明?使者,告诉这个虫子什么是文明。"

大牙把伊依举到眼前,伊依甚至听到了恐龙的两个大眼球转动时骨碌碌的声音："虫虫，在这个宇宙中，对一个种族文明程度的统一度量是这个种族所进入的空间的维度，只有进入六维以上空间的种族才具备加入文明大家庭的起码条件，我们尊敬的神的一族已能够进入十一维空间。吞食帝国已能在实验室中小规模地进入四维空间，也只能算是银河系中一个未开化的原始群落，而你们，在神的眼里也就是杂草和青苔一类的。"

"快扔了，脏死了。"神不耐烦催促道。

大牙说完，举着伊依向垃圾焚化口走去，伊依拼命挣扎，从衣服中掉出了许多白色的纸片。当那些纸片飘荡着下落时，从球体中射出一条极细的光线，当那束光线射到其中一张纸上时，它便在半空中悬住了，光线飞快地在上面扫描了一遍。

"哟，等等，这是什么东西？"

大牙把伊依悬在焚化口上方，扭头看着球体。

"那是……是我的学生们的作业！"伊依在恐龙的巨掌中吃力地挣扎着说。

"这种方形的符号很有趣，它们组成的小矩阵也很好玩儿。"神说，从球体中射出的光束又飞快地扫描了已落在平面上的另外几张纸。

"那是汉……汉字，这些是用汉字写的古诗！"

"诗？"神惊奇地问，收回了光束，"使者，你应该懂一些这种虫子的文字吧？"

"当然，尊敬的神，在吞食帝国吃掉地球前，我在它们的世界生活了很长时间，"大牙把伊依放到焚化口旁边的平面上，弯腰拾起一张纸，举到眼前吃力地辨认着上面的小字，"它的大意是……"

"算了吧,你会曲解它的!"伊依挥手制止大牙说下去。

"为什么?"神很感兴趣地问。

"因为这是一种只能用古汉语表达的艺术,即使翻译成人类的其他语言,也就失去了大部分内涵和魅力,变成另一种东西了。"

"使者,你的计算机中有这种语言的数据库吗?还有有关地球历史的一切知识,好的,给我传过来吧,就用我们上次见面时建立的那个信道。"

大牙急忙返回飞船,在舱内的电脑上鼓捣了一阵儿,嘴里嘟囔着:"古汉语部分没有,还要从帝国的网络上传过来,可能有些时滞。"伊依从敞开的舱门中看到,恐龙的大眼球中映射着电脑屏幕上变幻的彩光。当大牙从飞船上走出来时,神已经能用标准的汉语读出一张纸上的中国古诗了:

"白日依山尽,黄河入海流,欲穷千里目,更上一层楼。"

"您学得真快!"伊依惊叹道。

神没有理他,只是沉默着。

大牙解释说:"它的意思是,恒星已在行星的山后面落下,一条叫黄河的河流向着大海的方向流去,哦,这河和海都是由那种由一个氧原子和两个氢原子构成的化合物组成,要想看得更远,就应该在建筑物上登得更高些。"

神仍然沉默着。

"尊敬的神,你不久前曾君临吞食帝国,那里的景色与写这首诗的虫虫的世界十分相似,有山有河也有海,所以……"

"所以我明白诗的意思,"神说,球体突然移动到大牙头顶上,伊依感觉它就像一只盯着大牙看的没有眸子的大眼睛,

"但，你，没有感觉到些什么？"

大牙茫然地摇摇头。

"我是说，隐含在这个简洁的方块符号矩阵的表面含义后面的一些东西？"

大牙显得更茫然了。于是神又吟诵了一首古诗：

"前不见古人，后不见来者，念天地之悠悠，独怆然而涕下。"

大牙赶紧殷勤地解释道："这首诗的意思是，向前看，看不到在遥远过去曾经在这颗行星上生活过的虫虫；向后看，看不到未来将要在这颗行星上生活的虫虫；于是感到时空太广大了，于是哭了。"

神沉默。

"呵，哭是地球虫虫表达悲哀的一种方式，这时它们的视觉器官……"

"你仍没感觉到什么？"神打断了大牙的话问，球体又向下降了一些，几乎贴到大牙的鼻子上。

大牙这次坚定地摇摇头："尊敬的神，我想里面没有什么的，一首很简单的小诗。"

接下来，神又连续吟诵了几首古诗，都很简短，且属于题材空灵超脱的一类，有李白的《下江陵》《静夜思》和《黄鹤楼送孟浩然之广陵》、柳宗元的《江雪》、崔颢的《黄鹤楼》、孟浩然的《春晓》等。

大牙说："在吞食帝国，有许多长达百万行的史诗，尊敬的神，我愿意把它们全部献给您！相比之下，人类虫虫的诗是这么短小简单，就像他们的技术……"

球体忽地从大牙头顶飘开去，在半空中沿着随意的曲线飘行着，"使者，我知道你们最大的愿望就是希望我回答一个问题：吞食帝国已经存在了八千万年，为什么其技术仍徘徊在原子时代？我现在有答案了。"

大牙热切地望着球体说："尊敬的神，这个答案对我们很重要！求您……"

"尊敬的神，"伊依举起一只手大声说，"我也有一个问题，不知能不能问？！"

大牙恼怒地瞪着伊依，像要把他一口吃了似的。但神说："我仍然讨厌地球虫子，但那些小矩阵为你赢得了这个权利。"

"艺术在宇宙中普遍存在吗？"

球体在空中微微颤动，似乎在点头："是的，我就是一名宇宙艺术的收集和研究者，我穿行于星云间，接触过众多文明的各种艺术，它们大多是庞杂而晦涩的体系，用如此少的符号，在如此小巧的矩阵中涵含着如此丰富的感觉层次和含义分支，而且这种表达还要在严酷得有些变态的诗律和音韵的约束下进行，这，我确实是第一次见到……使者，现在可以把这虫子扔了。"

大牙再次把伊依抓在爪子里："对，该扔了它。尊敬的神，吞食帝国中心网络中存贮的人类文化资料是相当丰富的，现在您的记忆中已经拥有了所有资料，而这个虫虫，大概就记得那么几首小诗。"说着，它拿着伊依向焚化口走去。"把这些纸片也扔了。"神说。大牙又赶紧反身去用另一只爪子收拾纸片。这时伊依在大爪中高喊：

"神啊，把这些写着人类古诗的纸片留作纪念吧！您收集到了一种不可超越的艺术,向宇宙中传播它吧!"

"等等,"神再次制止了大牙,伊依已经悬到了焚化口上方,他感到了下面蓝色火焰的热力。球体飘过来,在距伊依的额头几厘米处悬定,他同刚才的大牙一样受到了那只没有眸子的巨眼的逼视。

"不可超越?"

"哈哈哈……"大牙举着伊依大笑起来,"这个可怜的虫虫居然在伟大的神面前说这样的话,滑稽!人类还剩下什么?你们失去了地球上的一切,即便能带走的科学知识也忘得差不多了,有一次在晚餐桌上,我在吃一个人之前问他,地球保卫战争中的人类的原子弹是用什么做的?他说是原子做的!"

"哈哈哈哈……"神也让大牙逗得大笑起来,球体颤动得成了椭圆,"不可能有比这更正确的回答了,哈哈哈……"

"尊敬的神,这些脏虫虫就剩下那几首小诗了!哈哈哈……"

"但它们是不可超越的!"伊依在大爪中挺起胸膛庄严地说。

球体停止了颤动,用近似耳语的声音说:"技术能超越一切。"

"这与技术无关,这是人类心灵世界的精华,不可超越!"

"那是因为你不知道技术最终能具有什么样的力量,小虫子,小小的虫子,你不知道。"神的语气变得父亲般地温柔,但潜藏在深处阴冷的杀气让伊依不寒而栗,神说,"看着太阳。"

伊依按神的话做了,这是位于地球和火星轨道之间的太空,太阳的光芒使他眯起了双眼。

"你最喜欢的颜色是什么?"神问。

"绿色。"

话音刚落,太阳变成了绿色,那绿色妖艳无比,太阳仿佛是一只突然浮现在太空深渊中的猫眼,在它的凝视下,整个宇宙都变得诡异无比。

大牙爪子一颤,把伊依掉在平面上。当理智稍稍恢复后,他们都意识到另一个比太阳变绿更加震撼的事实:从这里到太阳,光需行走十几分钟,但这一切都发生在一瞬间!

半分钟后,太阳恢复原状,又发出耀眼的白光。

"看到了吗?这就是技术,是这种力量使我们的种族从海底淤泥中的鼻涕虫变为神。其实技术本身才是真正的神,我们都真诚地崇拜它。"

伊依眨着昏花的双眼说:"但神并不能超越那样的艺术,我们也有神,想象中的神,我们崇拜它们,但并不认为它们能写出李白和杜甫那样的诗。"

神冷笑了两声,对伊依说:"真是一只无比固执的虫子,这使你更让人厌恶。不过,为了消遣,就让我来超越一下你们的矩阵艺术。"

伊依也冷笑了两声:"不可能的,首先你不是人,不可能有人的心灵感受,人类艺术在你那里只是石板上的花朵,技术并不能使你超越这个障碍。"

"技术超越这个障碍易如反掌,给我你的基因!"

伊依不知所措。"给神一根头发!"大牙提醒说。伊依伸手拔下一根头发,一股无形的吸力将头发吸向球体,后来那根头发又从球体中飘落到平面上,神只是提取了发根带着的一点皮屑。

球体中的白光涌动起来，渐渐变得透明，里面充满了清澈的液体，浮起串串水泡。接着，伊依在液体中看到了一个蛋黄大小的球，它在射入液球的阳光中呈淡红色，仿佛自己会发光。小球很快长大，伊依认出了那是一个曲蜷着的胎儿，他肿胀的双眼紧闭着，大大的脑袋上交错着红色的血管。胎儿继续成长，小身体终于伸展开来，像青蛙似的在液球中游动着。液体渐渐变得浑浊了，透过液球的阳光只映出一个模糊的影子，看得出那个影子仍在飞速成长，最后变成了一个游动着的成人的身影。这时液球又恢复成原来那样完全不透明的白色光球，一个赤裸的人从球中掉出来，落到平面上。伊依的克隆体摇摇晃晃地站了起来，阳光在他湿漉漉的身体上闪亮，他的头发和胡子老长，但看得出来只有三四十岁的样子，除了一样的精瘦外，一点也不像伊依本人。克隆体僵僵地站着，呆滞的目光看着无限远方，似乎对这个他刚刚进入的宇宙浑然不知。在他的上方，球体的白光在暗下来，最后完全熄灭了，球体本身也像蒸发似的消失了。但这时，伊依感觉什么东西又亮了起来，很快发现那是克隆体的眼睛，它们由呆滞突然充满了智慧的灵光。后来伊依知道，神的记忆这时已全部转移到克隆体中了。

"冷，这就是冷？！"一阵轻风吹来，克隆体双手抱住湿乎乎的双肩，浑身打颤，但声音中充满了惊喜，"这就是冷，这就是痛苦，精致的、完美的痛苦，我在星际间苦苦寻觅的感觉，尖锐如洞穿时空的十维弦，晶莹如类星体中心的纯能钻石，啊——"他伸开皮包骨头的双臂仰望银河，"前不见古人，后不见来者，念宇宙之……"一阵冷战使克隆体的牙齿咯咯作响,他赶紧停止了出生演说,跑到焚化口边烤火了。

克隆体把两手放到焚化口的蓝火焰上烤着,哆哆嗦嗦地对伊依说:"其实,我现在进行的是一项很普通的操作,当我研究和收集一种文明的艺术时,总是将自己的记忆借宿于该文明的一个个体中,这样才能保证对该艺术的完全理解。"

这时,焚化口中的火焰亮度剧增,周围的平面上也涌动着各色的光晕,使得伊依感觉整个平面像是一块漂浮在火海上的毛玻璃。

大牙低声对伊依说:"焚化口已转换为制造口了,神正在进行能—质转换。"看到伊依不太明白,他又解释说,"傻瓜,就是用纯能制造物品,上帝的活计!"

制造口突然喷出了一团白色的东西,那东西在空中展开并落了下来,原来是一件衣服,克隆体接住衣服穿了起来。伊依看到那竟是一件宽大的唐朝古装,用雪白的丝绸做成,有宽大的黑色镶边,刚才还一副可怜相的克隆体穿上它后立刻显得飘飘欲仙,伊依实在想象不出它是如何从蓝火焰中被制造出来的。

又有物品被制造出来,从制造口飞出一块黑色的东西,像一块石头一样咚地砸在平面上。伊依跑过去拾起来,不管他是否相信自己的眼睛,手中拿着的分明是一块沉重的石砚,而且还是冰凉的。接着又有什么啪地掉下来,伊依拾起那个黑色的条状物,他没猜错,这是一块墨!接着被制造出来的是几支毛笔,一个笔架,一张雪白的宣纸(从火里飞出的纸!),还有几件古色古香的案头小饰品,最后制造出来的也是最大的一件东西——一张样式古老的书案!伊依和大牙忙着把书案扶正,把那些小东西在案头摆放好。

"转化这些东西的能量,足以把一颗行星炸成碎末。"大牙对伊依耳语,声音有些发颤。

克隆体走到书案旁,看着上面的摆设满意地点点头,一手理着刚刚干了的胡子,说:

"我,李白。"

伊依审视着克隆体问:"你是说想成为李白呢,还是真把自己当成了李白?"

"我就是李白,超越李白的李白!"

伊依笑着摇摇头。

"怎么,到现在你还怀疑吗?"

伊依点点头说:"不错,你们的技术远远超过了我的理解力,已与人类想象中的神力和魔法无异,即使是在诗歌艺术方面也有让我惊叹的东西:跨越如此巨大的文化和时空的鸿沟,你竟能感觉到中国古诗的内涵……但理解李白是一回事,超越他又是另一回事,我仍然认为你面对的是不可超越的艺术。"

克隆体——李白的脸上浮现出高深莫测的笑容,但转瞬即逝,他手指书案,对伊依大喝一声:"研墨!"然后径自走去,在几乎走到平面边缘时站住,理着胡须遥望星河沉思起来。

伊依从书案上的一个紫砂壶中向砚上倒了一点清水,拿起那条墨研了起来,他是第一次干这个,笨拙地斜着墨条磨边角。看着砚中渐渐浓起来的墨汁,伊依想到自己正身处距太阳 1.5 个天文单位的茫茫太空中,这个无限薄的平面(即使在刚才由纯能制造物品时,从远处看它仍没有厚度)仿佛是一个漂浮在宇宙深渊中的舞台,在它上面,一头恐龙、一个被恐龙当作肉食家禽饲养的人类、一个穿着唐朝古装的准备超越李白的技术之神，正在演出一场怪诞到极点的话剧，想到这里，伊依摇头苦笑起来。

当觉得墨研得差不多了时，伊依站起来，同大牙一起等待着。这时平面上的轻风已经停止，太阳和星河静静地发着光，仿佛整个宇宙都在期待。李白静立在平面边缘，由于平面上的空气层几乎没有散射，他在阳光中的明暗部分极其分明，除了理胡须的手不时动一下外，简直就是一尊石像。伊依和大牙等啊等，时间在默默地流逝，书案上蘸满了墨的毛笔渐渐有些发干了，不知不觉，太阳的位置已移动了很多，把他们和书案、飞船的影子长长地投在平面上，书案上平铺的白纸仿佛变成了平面的一部分。终于，李白转过身来，慢步走回书案前，伊依赶紧把毛笔重新蘸了墨，用双手递了过去，但李白抬起一只手回绝了，只是看着书案上的白纸继续沉思着，他的目光中有了些新的东西。

伊依得意地看出，那是困惑和不安。

"我还要制造一些东西，那都是……易碎品，你们去小心接着。"李白指了指制造口说。那里面本来已暗淡下去的蓝焰又明亮起来，伊依和大牙刚刚跑过去，就有一股蓝色的火舌把一个球形物推出来，大牙眼疾手快地接住了它，细看是一个大坛子。接着又从蓝焰中飞出了三只大碗，伊依接住了其中的两只，有一只摔碎了。大牙把坛子抱到书案上，小心地打开封盖，一股浓烈的酒味溢了出来，它与伊依惊奇地对视了一眼。

"在我从吞食帝国接收到的地球信息中，有关人类酿造业的资料不多，所以这东西造得不一定准确。"李白说，同时指着酒坛示意伊依尝尝。

伊依拿碗从中舀了一点儿抿了一口,一股火辣从嗓子眼流到肚子里,他点点头:"是酒,但是与我们为改善肉质喝的那些相比太烈了。"

"满上。"李白指着书案上的另一个空碗说。待大牙倒满烈酒后,他端起来咕咚咚一饮而尽,然后转身再次向远处走去,不时走出几个不太稳的舞步。到达平面边缘后又站在那里对着星海深思,但与上次不同的是他的身体有节奏地左右摆动,像在和着某首听不见的曲子。这次李白沉思的时间不长就走回到书案前,回来的一路上全是舞步了,他一把抓过伊依递过来的笔扔到远处。

"满上。"李白眼睛直勾勾地盯着空碗说。

……

一小时后,大牙用两只大爪小心翼翼地把烂醉如泥的李白放到已清空的书案上,但他一翻身又骨碌下来,嘴里嘀咕着恐龙和人都听不懂的语言。他已经红红绿绿地吐了一大摊(真不知是什么时候吃进的这些食物),宽大的古服上也吐得脏污一片,那一摊呕吐物被平面发出的白光透过,形成了一幅很抽象的图形。李白的嘴上黑乎乎的全是墨,这是因为在喝光第四碗酒后,他曾试图在纸上写什么,但只是把蘸饱墨的毛笔重重地戳到桌面上,接着,李白就像初学书法的小孩子那样,试图用嘴把笔理顺……

"尊敬的神?"大牙俯下身来小心翼翼地问。

"哇咦卡啊……卡啊咦唉哇。"李白大着舌头说。

大牙站起身,摇摇头叹了一口气,对伊依说:"我们走吧。"

另一条路

  伊依所在的饲养场位于吞食者的赤道上,当吞食者处于太阳系内层空间时,这里曾是一片夹在两条大河之间的美丽草原。吞食者航出木星轨道后,严冬降临了,草原消失大河封冻,被饲养的人类都转到地下城中。当吞食者受到神的召唤而返回后,随着太阳的临近,大地回春,两条大河很快解冻了,草原也开始变绿。

  当气候好的时候,伊依总是独自住在河边自己搭的一间简陋的草棚中,自己种地过日子。对于一般人来说这是不被允许的,但由于伊依在饲养场中讲授的古典文学课程有陶冶性情的功能,他的学生的肉有一种很特别的风味,所以恐龙饲养员也就不干涉他了。

  这是伊依与李白初次见面两个月后的一个黄昏,太阳刚刚从吞食帝国平直的地平线上落下,两条映着晚霞的大河在天边交汇。在河边的草棚外,微风把远处草原上欢舞的歌声隐隐送来,伊依独自一人自己和自己下围棋,抬头看到李白和大牙沿着河岸向这里走来。这时的李白已有了很大的变化,他头发蓬乱,胡子老长,脸晒得很黑,左肩背着一个粗布包,右手提着一个大葫芦,身上那件古装已破烂不堪,脚上穿着一双已磨得不像样子的草鞋,伊依觉得这时的他倒更像一个人了。

  李白走到围棋桌前,像前几次来一样,不看伊依一眼就把葫芦重重地向桌上一放,说:"碗!"待伊依拿来两个木碗后,李白打开葫芦盖,在两个碗里倒满酒,然后又从布包中拿出一个纸包,打开来,伊依发现里面竟放着切好的熟肉,并闻到扑鼻的香味,不由拿起一块嚼了起来。

大牙只是站在两三米远处静静地看着他们,有前几次的经验,它知道他们俩又要谈诗了,这种谈话它既无兴趣也没资格参与。

"好吃,"伊依赞许地点点头,"这牛肉也是纯能转化的?"

"不,我早就回归自然了。你可能没听说过,在距这里很遥远的一个牧场,饲养着来自地球的牛群。这牛肉是我亲自做的,是用山西平遥牛肉的做法,关键是在炖的时候放——"李白凑到伊依耳边神秘地说,"尿碱。"

伊依迷惑不解地看着他。

"哦,就是人类的小便蒸干以后析出的那种白色的东西,能使炖好的肉外观红润,肉质鲜嫩,肥而不腻,瘦而不柴。"

"这尿碱……也不是纯能做出来的?"伊依恐惧地问。

"我说过自己已经回归自然了!尿碱是我费了好大劲儿从几个人类饲养场收集来的,这是很正宗的民间烹饪技艺,在地球毁灭前就早已失传。"

伊依已经把嘴里的牛肉咽下去了,为了抑制呕吐,他端起了酒碗。

李白指指葫芦说:"在我的指导下,吞食帝国已经建起了几个酒厂,已经能够生产大部分地球名酒,这是它们酿制的正宗的竹叶青,是用汾酒浸泡竹叶而成。"

伊依这才发现碗里的酒与前几次李白带来的不同,呈翠绿色,入口后有甜甜的药草味。

"看来,你对人类文化已了如指掌了。"伊依感慨地对李白

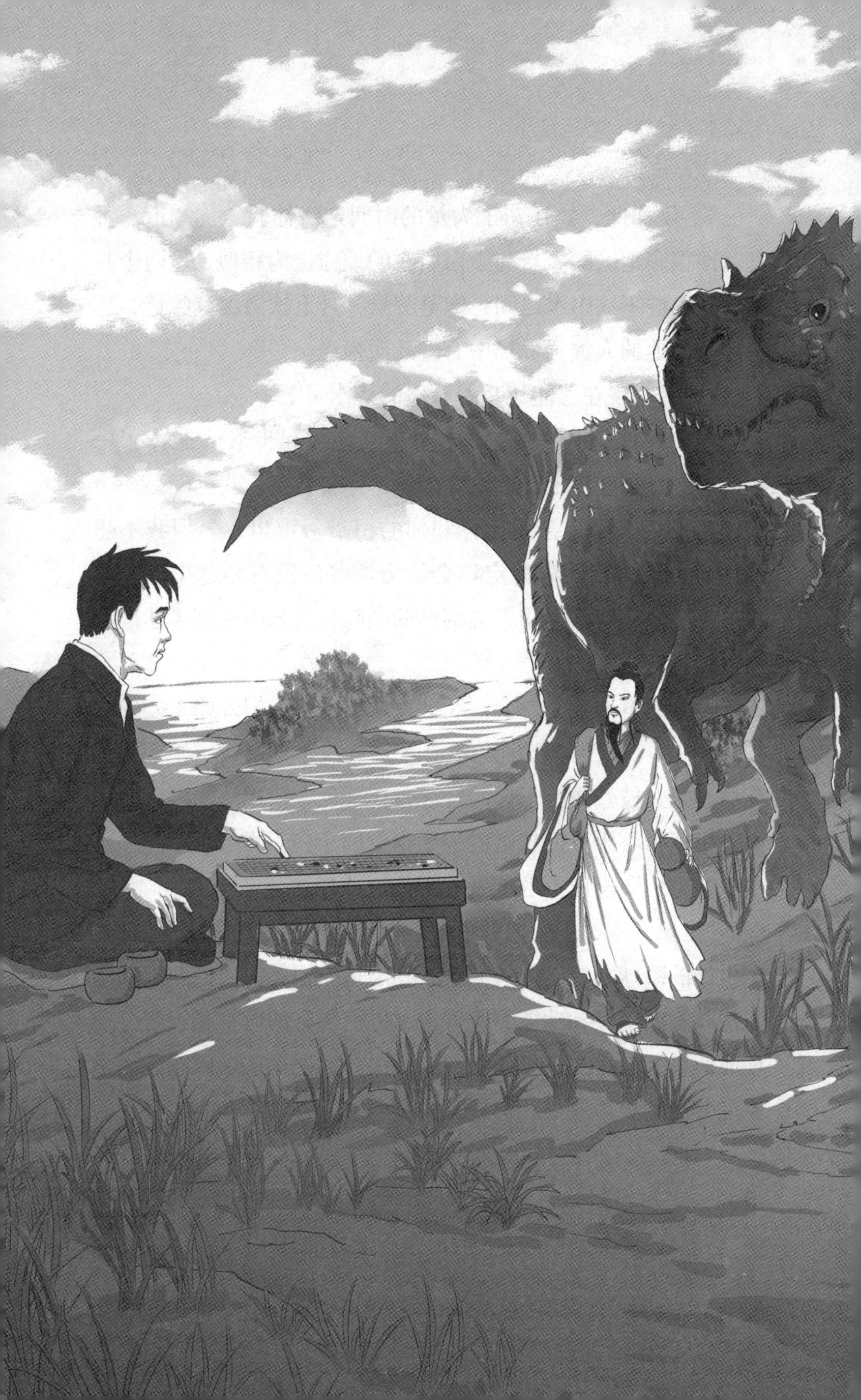

说。

"不仅如此，我还花了大量的时间亲身体验。你知道，吞食帝国很多地区的风景与李白所在的地球极为相似，这两个月来，我浪迹于这山水之间，饱览美景，月下饮酒山巅吟诗，还在遍布各地的人类饲养场中有过几次艳遇……"

"那么，现在总能让我看看你的诗作了吧。"

李白呼地放下酒碗，站起身不安地踱起步来："是作了一些诗，而且是些肯定让你吃惊的诗，你会看到，我已经是一个很出色的诗人了，甚至比你和你的祖爷爷都出色。但我不想让你看，因为我同样肯定你会认为那些诗没有超越李白，而我……"他抬起头遥望天边落日的余晖，目光中充满了迷离和痛苦，"也这么认为。"

远处的草原上，舞会已经结束，快乐的人们开始丰盛的晚餐。有一群少女向河边跑来，在岸边的浅水中嬉戏。她们头戴花环，身上披着薄雾一样的轻纱，在暮色中构成一幅醉人的画面。伊依指着距草棚较近的一个少女问李白："她美吗？"

"当然。"李白不解地看着伊依说。

"想象一下，用一把利刃把她切开，取出她的每一个脏器，剜出她的眼球，挖出她的大脑，剔出每一根骨头，把肌肉和脂肪按其不同部位和功能分割开来，再把所有的血管和神经分别理成两束，最后在这里铺上一大块白布，把这些东西按解剖学原理分门别类地放好，你还觉得美吗？"

"你怎么在喝酒的时候想到这些？恶心。"李白皱起眉头说。

"怎么会恶心呢？这不正是你所崇拜的技术吗？"

"你到底想说什么?"

"李白眼中的大自然就是你现在看到的河边少女,而同样的大自然在技术的眼睛中呢,就是那张白布上那些井然有序但血淋淋的部件,所以,技术是反诗意的。"

"你好像对我有什么建议?"李白理着胡子若有所思地说。

"我仍然不认为你有超越李白的可能,但可以为你的努力指出一个正确的方向:技术的迷雾蒙住了你的双眼,使你看不到自然之美。所以,你首先要做的是把那些超级技术全部忘掉,你既然能够把自己的全部记忆移植到你现在的大脑中,当然也可以删除其中的一部分。"

李白抬头和大牙对视了一下,两人都哈哈大笑起来。大牙对李白说:"尊敬的神,我早就告诉过您,多么狡诈的虫虫,您稍不小心就会跌入他们设下的陷阱。"

"哈哈哈哈,是狡诈,但也有趣。"李白对大牙说,然后转向伊依,冷笑着说,"你真的认为我是来认输的?"

"你没能超越人类诗词艺术的巅峰,这是事实。"

李白突然抬起一只手指着大河,问:"到河边去有几种走法?"

伊依不解地看了李白几秒钟:"好像……只有一种。"

"不,是两种,我还可以向这个方向走,"李白指着与河相反的方向说,"这样一直走,绕吞食帝国的大环一周,再从对岸过河,也能走到这个岸边,我甚至还可以绕银河系一周再回来,对于我们的技术来说,这也易如反掌。技术可以超越一切!我现在已经被逼得要走另一条路了!"

伊依努力想了好半天,终于困惑地摇摇头:"就算是你有神一般的技术，我还是想不出超越李白的另一条路在哪儿。"

李白站起来说："很简单，超越李白的两条路是，第一，把超越他的那些诗写出来，第二，把所有的诗都写出来！"

伊依显得更糊涂了，但站在一旁的大牙似有所悟。

"我要写出所有的五言和七言诗，这是李白所擅长的；另外我还要写出常见词牌的所有的词！你怎么还不明白？！我要在符合这些格律的诗词中，试遍所有汉字的所有组合！"

"啊，伟大！伟大的工程！！"大牙忘形地欢呼起来。

"这很难吗？"伊依傻傻地问。

"当然难，难极了！如果用吞食帝国最大的计算机来进行这样的计算，可能到宇宙末日也完成不了！"

"没那么多吧？"伊依充满疑问地说。

"当然有那么多！"李白得意地点点头，"但使用你们还远未掌握的量子计算技术，就能在可以接受的时间内完成这样的计算。到那时，我就写出了所有的诗词，包括所有以前写过的和所有以后可能写的，特别注意，所有以后可能写的！超越李白的巅峰之作自然包括在内。事实上我终结了诗词艺术，直到宇宙毁灭，所出现的任何一个诗人，不管他们达到了怎样的高度，都不过是个抄袭者，他们的作品肯定能在我那巨大的存贮器中检索出来。"

大牙突然发出了一声低沉的惊叫，看着李白的目光由兴奋变为震惊："巨大的……存贮器？！尊敬的神，您该不是说，要把量子计算机写出的诗都……都存起来吧？"

"写出来就删除有什么意思呢？当然要存起来！这将是我的种族留在这个宇宙中的艺术丰碑之一！"

大牙的目光由震惊变为恐惧，把粗大的双爪向前伸着，两腿打弯，像要给李白跪下，声音也像要哭出来似的："使不得，尊敬的神，这使不得啊！！"

"是什么把你吓成这样？"伊依抬头惊奇地看着大牙问。

"你个白痴！你不是知道原子弹是原子做的吗？那存贮器也是原子做的，它的存贮精度最高只能达到原子级别！知道什么是原子级别的存贮吗？就是说一个针尖大小的地方，就能存下人类所有的书！不是你们现在那点儿书，是地球被吃掉前上面所有的书！"

"啊，这好像是有可能的，听说一杯水中的原子数比地球上海洋中水的杯数都多。那，他写完那些诗后带根儿针走就行了。"伊依指指李白说。

大牙恼怒已极，来回疾走几步，总算挤出了一点儿耐性："好，好，你说，按神说的那些五言七言诗，还有那些常见的词牌，各写一首，总共有多少字？"

"不多，也就两三千字吧，古曲诗词是最精练的艺术。"

"那好，我就让你这个白痴虫虫看看它有多么精练！"大牙说着走到桌前，用爪指着上面的棋盘说，"你们管这种无聊的游戏叫什么？哦，围棋，这上面有多少个交叉点？"

"纵横各19行，共361点。"

"很好，每点上可以放黑子白子或空着，共三种状态，这样，每一个棋局，就可以看作由三个汉字写成的一首19行361个字的诗。"

"这比喻很妙。"

"那么，穷尽这三个汉字在这种诗上的所有组合，总共能写出多少首诗呢？让我告诉你，3 的 361 次方倍，或者说，嗯，我想想，10 的 172 次方倍！"

"这……很多吗？"

"白痴！"大牙第三次骂出这个词，"宇宙中的全部原子只有……啊——"它气恼得说不下去了。

"有多少？"伊依仍是那副傻样。

"只有 10 的 80 次方倍！！你个白痴虫虫啊——"

直到这时，伊依才表现出了一点儿惊奇："你是说，如果一个原子存贮一首诗，用光宇宙中的所有原子，还存不完他的量子计算机写出的那些诗？"

"差远呢！差 10 的 92 次方倍呢！！再说，一个原子哪能存下一首诗？人类虫虫的存贮器，存一首诗用的原子数可能比你们的人口都多，至于我们，用单个原子存贮一位二进制还仅处于实验室阶段……唉。"

"使者，在这一点上是你目光短浅了，想象力不足，是吞食帝国技术进步缓慢的原因之一，"李白笑着说，"使用基于量子多态叠加原理的量子存贮器，只用很少量的物质就可以存下那些诗。当然，量子存贮不太稳定，为了永久保存那些诗作，还需要与更传统的存贮技术结合使用，即使这样，制造存贮器需要的物质量也是很少的。"

"是多少？"大牙问，看那样子显然心已提到了嗓子眼儿。

"大约为 10 的 57 次方个原子，微不足道微不足道。"

"这……这正好是整个太阳系的物质量！"

"是的，包括所有的太阳行星，当然也包括吞食帝国。"

李白最后这句话是轻描淡写地随口而出的，但在伊依听来像晴天霹雳。不过大牙反倒显得平静下来，当长时间受到灾难预感的折磨后，灾难真正来临时反而有一种解脱感。

"您不是能把纯能转换成物质吗？"大牙问。

"得到如此巨量的物质需要多少能量你不会不清楚，这对我们也是不可想象的，还是用现成的吧。"

"这么说，皇帝的忧虑不无道理。"大牙自语道。

"是的是的，"李白欢快地说，"我前天已向吞食皇帝说明，这个伟大的环形帝国将被用于一个更伟大的目的，所有的恐龙应该为此感到自豪。"

"尊敬的神，您会看到吞食帝国的感受的。"大牙阴沉地说，"还有一个问题：与太阳相比，吞食帝国的质量实在是微不足道，为了得到这九牛之一毛的物质，有必要毁灭一个进化了几千万年的文明吗？"

"你的这个疑问我完全理解，但要知道，熄灭、冷却和拆解太阳是需要很长时间的，在这之前对诗的量子计算已经开始，我们需要及时地把结果存起来，清空量子计算机的内存以继续计算，这样，可以立即用于制造存贮器的行星和吞食帝国的物质就是必不可少的了。"

"明白了，尊敬的神，最后一个问题：有必要把所有组合结果都存起来吗？为什么不能在输出端加一个判断程序，把那些不值得存贮的诗作剔除掉。据我所知，中国古诗是要遵从严格的格律的，如果把不符合格律的诗去掉，那最后结果的总量将大为减少。"

"格律？哼，"李白不屑地摇摇头，"那不过是对灵感的束缚，中国南北朝以前的古体诗并不受格律的限制，即使是在唐代以后严格的近体诗中,也有许多古典诗词大师不遵从格律,写出了许多卓越的变体诗,所以,在这次终极吟诗中我将不考虑格律。"

"那,您总该考虑诗的内容吧?最后的计算结果中肯定有百分之九十九的诗是毫无意义的,存下这些随机的汉字矩阵有什么用?"

"意义?"李白耸耸肩说,"使者,诗的意义并不取决于你的认可,也不取决于我或其他任何人,它取决于时间。许多在当时无意义的诗后来成了旷世杰作,而现今和以后的许多杰作在遥远的过去肯定也曾是无意义的。我要做出所有的诗,亿亿亿万年之后,谁知道伟大的时间把其中的哪首选为巅峰之作呢?"

"这简直荒唐!!"大牙大叫起来,它那粗放的嗓音惊起了远处草丛中的几只鸟,"如果按现有的人类虫虫的汉字字库,您的量子计算机写出的第一首诗应该是这样的:

啊啊啊啊啊
啊啊啊啊啊
啊啊啊啊啊
啊啊啊啊唉

"请问,伟大的时间会把这首选为杰作?!"

一直不说话的伊依这时欢叫起来:"哇!还用什么伟大的时间来选?!它现在就是一首巅峰之作耶!!前三行和第四行的前四个字都是表达生命对宏伟宇宙的惊叹,最后一个字是诗眼，它是诗人在领略了宇宙之浩渺后，对生命在无限时空中的渺小发出的一声无奈的叹息。"

"呵呵呵呵呵，"李白抚着胡须乐得合不上嘴，"好诗，伊依虫虫，真的是好诗，呵呵呵……"说着拿起葫芦给伊依倒酒。

大牙挥起巨爪一巴掌把伊依打了老远："混账虫虫，我知道你现在高兴了，可不要忘记，吞食帝国一旦毁灭，你们也活不了！"

伊依一直滚到河边，好半天才能爬起来，他满脸沙土，咧大了嘴，既是痛的也是在笑，他确实很高兴。"哈哈有趣，这个宇宙真不可思议！"他忘形地喊道。

"使者，还有问题吗？"看到大牙摇头，李白接着说，"那么，我在明天就要离去，后天，量子计算机将启动作诗软件，终极吟诗将开始，同时，熄灭太阳，拆解行星和吞食帝国的工程也将启动。"

"尊敬的神，吞食帝国在今天夜里就能做好战斗准备！"大牙立正后庄严地说。

"好好，真是很好，往后的日子会很有趣的，但这一切发生之前，还是让我们喝完这一壶吧。"李白快乐地点点头说，同时拿起了酒葫芦，倒完酒，他看着已笼罩在夜幕中的大河，意犹未尽地回味着，"真是一首好诗，第一首，呵呵，第一首就是好诗。"

终极吟诗

吟诗软件其实十分简单，用人类的 C 语言表达可能超不过两千行代码，另外再加一个存贮所有汉字字符的不大的数据库。当这个软件在位于海王星轨道上的那台量子计算机（一个飘浮在太空中的巨大透明锥体）上启动时，终极吟诗就开始了。

这时吞食帝国才知道，李白只是那个超级文明种族中的一个个体，这与以前预想的不同。当时恐龙们都认为进化到这样技术级别的社会在意识上早就融为一个整体了，吞食帝国在过去一千万年中遇到的五个超级文明都是这种形态。李白一族保持了个体的存在，也部分解释了他们对艺术超常的理解力。当吟诗开始时，李白一族又有大量的个体从外太空的各个方位跃迁到太阳系，开始了制造存贮器的工程。

吞食帝国上的人类看不到太空中的量子计算机，也看不到新来的神族，在他们看来，终极吟诗的过程，就是太空中太阳数目的增减过程。

在吟诗软件启动一个星期后，神族成功地熄灭了太阳，这时太空中太阳的数目减到零，但太阳内部核聚变的停止使恒星的外壳失去了支撑，使它很快坍缩成一颗新星，于是暗夜很快又被照亮，只是这颗太阳的亮度是以前的上百倍，使吞食者表面草木生烟。新星又被熄灭了，但过一段时间后又爆发了。就这样亮了又灭灭了又亮，仿佛太阳是一只九条命的猫，在没完没了地挣扎。但神族对于杀死恒星其实很熟练，他们从容不迫地一次次熄灭新星，使它的物质最大比例地聚变为制造存贮器所需的重元素。当第十一次新星熄灭后，太阳才真正咽了气，这时，终极吟诗已经开始了三个地球月。早在这之前，在第三次新星出现时，太空中就有其他的太阳出现，这些太阳此起彼伏地在太空中的不同位置亮起或熄灭，最多时天空中出现过九个新太阳。这些太阳是神族在拆解行星时的能量释放，由于后来恒星太阳的闪烁已变得暗弱，人们就分不清这些太阳的真假了。

对吞食帝国的拆解是在吟诗开始后第五个星期进行的，这之前，李白曾向帝国提出了一个建议：由神族将所有恐龙跃迁到银河系另一端的一个世界，那里有一个文明，比神族落后许多，仍未纯能化，但比吞食文明要先进得多。恐龙们到那里后，将作为一种小家禽被饲养，过着衣食无忧的快乐生活。但恐龙们宁为玉碎不为瓦全，愤怒地拒绝了这个提议。

李白接着提出了另一个要求：让人类返回他们的母亲星球。其实，地球也被拆解了，它的大部分用于制造存贮器，但神族还是剩下了其中的一小部分物质为人类建造了一个空心地球。空心地球的大小与原地球差不多，但其质量仅为后者的百分之一。说地球被掏空了是不确切的，因为原地球表面那层脆弱的岩石根本不可能用来做球壳，球壳的材料可能取自地核，另外球壳上像经纬线般交错的、虽然很细但强度极高的加固圈，是用太阳坍缩时产生的简并态中子物质制造的。

令人感动的是：吞食帝国不但立即答应了李白的要求，允许所有人类离开大环世界，还把从地球掠夺来的海水和空气全部还给了地球，神族借此在空心地球内部恢复了原地球所有的大陆、海洋和大气层。

接着，惨烈的大环保卫战开始了。吞食帝国向太空中的神族目标大量发射核弹和伽马射线激光，但这些对敌人毫无作用。在神族发射的一个无形的强大力场推动下，吞食者大环越转越快，最后在超速自转产生的离心力下解体了。这时，伊依正在飞向空心地球的途中，他从一千二百万公里的距离上目睹了吞食帝国毁灭的全过程：

大环解体的过程很慢，如同梦幻，在漆黑太空的背景上，这个巨大的世界如同一团浮在咖啡上的奶沫一样散开来，边缘的碎块渐渐隐没于黑暗之中，仿佛被太空溶解了，只有不时出现的爆炸的闪光才使它们重新现形。

这个来自古老地球的充满阳刚之气的伟大文明就这样被毁灭了，伊依悲哀万分。只有一小部分恐龙活了下来，与人类一起回归地球，其中包括使者大牙。

在返回地球的途中，人类普遍都很沮丧，但原因与伊依不同：回到地球后是要开荒种地才有饭吃的，这对于已在长期被饲养的生活中变得四肢不勤五谷不分的人们来说，确实像一场噩梦。

但伊依对地球世界的前途充满信心，不管前面有多少磨难，人将重新成为人。

诗　云

吟诗航行的游艇到达了南极海岸。

这里的重力已经很小，海浪的运行很缓慢，像是一种描述梦幻的舞蹈。在低重力下，拍岸浪把水花送上十几米高处，飞上半空的海水由于表面张力而形成无数水球，大的像足球，小的如雨滴，这些水球在缓慢地下落，慢到可以用手在它们周围划圈，它们折射着小太阳的光芒，使上岸后的伊依、李白和大牙置身于一片晶莹灿烂之中。由于自转的原因，地球的南北极地轴有轻微的拉长，这就使得空心地球的两极地区保持了过去的寒冷状态。低重力下的雪很奇特，呈一种蓬松的泡沫状，浅处齐腰深，深处能把大牙都淹没，但在被淹没后，他们竟能在雪沫中正常呼吸！整个南极大陆就覆盖在这雪沫之下，起伏不平地一片雪白。

伊依一行乘一辆雪地车前往南极点，雪地车像是一艘掠过雪沫表面的快艇，在两侧激起片片雪浪。

第二天他们到达了南极点。极点的标志是一座高大的水晶金字塔，这是为纪念两个世纪前的地球保卫战而建立的纪念碑，上面没有任何文字和图形，只有晶莹的碑体在地球顶端的雪沫之上默默地折射着阳光。

从这里看去，整个地球世界尽收眼底，光芒四射的小太阳周围，围绕着大陆和海洋，使它看上去仿佛是从北冰洋中浮出来似的。

"这个小太阳真的能够永远亮着吗？"伊依问李白。

"至少能亮到新的地球文明进化到具有制造新太阳的能力的时候，它是一个微型白洞。"

"白洞？是黑洞的反演吗？"大牙问。

"是的，它通过空间蛀洞与两百万光年外的一个黑洞相连，那个黑洞围绕着一颗恒星运行，它吸入的恒星的光从这里被释放出来，可以把它看作一根超时空光纤的出口。"

纪念碑的塔尖是拉格朗日轴线的南起点，这是指连接空心地球南北两极的轴线，因战前地月之间的零重力拉格朗日点而得名，这是一条长一万三千公里的零重力轴线。以后，人类肯定要在拉格朗日轴线上发射各种卫星，比起战前的地球来，这种发射易如反掌：只需把卫星运到南极或北极点，愿意的话用驴车运都行，然后用脚把它向空中踹出去就行了。

就在他们观看纪念碑时，又有一辆较大的雪地车载来了一群年轻的旅行者，这些人下车后双腿一弹，径直跃向空中，沿拉格朗日轴线高高飞去，把自己变成了卫星。从这里看去，有许多小黑点在空中标出了轴线的位置，那都是在零重力轴线上飘浮的游客和各种车辆。本来，从这里可以直接飞到北极，但小太阳位于拉格朗日轴线中部，最初有些沿轴线飞行的游客因随身携带的小型喷气推进器坏了，无法减速而一直飞到太阳里，其实在距小太阳很远的距离上他们就被蒸发了。

在空心地球，进入太空也是一件很容易的事，只需要跳进赤道上的五口深井（名叫地门）中的一口，向下（上）坠落一百公里穿过地壳，就被空心地球自转的离心力抛进太空了。

现在，伊依一行为了看诗云也要穿过地壳，但他们走的是南极的地门，在这里地球自转的离心力为零，所以不会被抛入太空，只能到达空心地球的外表面。他们在南极地门控制站穿好轻便太空服后，就进入了那条长一百公里的深井，由于没有重力，叫它隧道更合适一些。在失重状态下，他们借助于太空服上的喷气推进器前进，这比在赤道的地门中坠落要慢得多，用了半个小时才来到外表面。

空心地球外表面十分荒凉，只有纵横的中子材料加固圈，这些加固圈把地球外表面按经纬线划分成了许多个方格，南极点正是所有经向加固圈的交点，当伊依一行走出地门后，看到自己身处一个面积不大的高原上，地球加固圈像一道道漫长的山脉，以高原为中心放射状地向各个方向延伸。

抬头，他们看到了诗云。

诗云处于已消失的太阳系所在的位置，是一片直径为一百个天文单位的旋涡状星云，形状很像银河系。空心地球处于诗云边缘，与原来太阳在银河系中的位置也很相似，不同的是地球的轨道与诗云不在同一平面，这就使得从地球上可以看到诗云的一面，而不是像银河系那样只能看到截面。但地球离开诗云平面的距离还远不足以使这里的人们观察到诗云的完整形状，事实上，南半球的整个天空都被诗云所覆盖。

诗云发出银色的光芒，能在地上照出人影。据说诗云本身是不发光的，这银光是宇宙射线激发出来的。由于空间的宇宙射线密度不均，诗云中常涌动着大团的光晕，那些色彩各异的光晕滚过长空，好像是潜行在诗云中的发光巨鲸。也有很少的时候，宇宙射线的强度急剧增加，在诗云中激发出粼粼的光斑，这时的诗云已完全不像云了，整个天空仿佛是一个月夜从水下看到的海面。地球与诗云的运行并不是同步的，所以有时地球会处于旋臂间的空隙上，这时透过空隙可以看到夜空和星星。最为激动人心的是，在旋臂的边缘还可以看到诗云的断面形状，它很像地球大气中的积雨云，变幻出各种宏伟的让人浮想联翩的形体，这些巨大的形体高高地升出诗云的旋转平面，发出幽幽的银光，仿佛是一个超级意识没完没了的梦境。

伊依把目光从诗云收回，从地上拾起一块晶片，这种晶片散布在他们周围的地面上，像严冬的碎冰般闪闪发亮。伊依举起晶片对着诗云密布的天空，晶片很薄，有半个手掌大小，正面看全透明，但把它稍斜一下，就看到诗云的亮光在它表面映出的霓彩光晕。这就是量子存贮器，人类历史上产生的全部文字信息，也只能占它们每一片存贮量的几亿分之一。诗云就是由 10 的 40 次方倍的存贮器组成的，它们存贮了终极吟诗的全部结果。这片诗云，是用原来构成太阳系和它的九大行星的全部物质所制造，当然也包括吞食帝国。

"真是伟大的艺术品！"大牙由衷地赞叹道。

"是的，它的美在于其内涵：一片直径一百亿公里的，包含着全部可能的诗词的星云，这太伟大了！"伊依仰望着星云激动地说，"我，也开始崇拜技术了。"

一直情绪低落的李白长叹一声："唉，看来我们都在走向对方，我看到了技术在艺术上的极限，我……"他抽泣起来，"我是个失败者，呜呜……"

"你怎么能这样讲呢？！"伊依指着上空的诗云说，"这里面包含了所有可能的诗，当然也包括那些超越李白的诗！"

"可我却得不到它们！"李白一跺脚，飞起了几米高，在半空中蜷成一团，悲伤地把脸埋在两膝之间呈胎儿状，在地壳那十分微小的重力下缓缓下落，"在终极吟诗开始时，我就着手编制诗词识别软件，这时，技术在艺术中再次遇到了那道不可逾越的障碍，到现在，具备古诗鉴赏力的软件也没能编出来。"他在半空中指指诗云，"不错，借助伟大的技术，我写出了诗词的巅峰之作，却不可能把它们从诗云中检索出来，唉……"

"智慧生命的精华和本质，真的是技术所无法触及的吗？"大牙仰头对着诗云大声问，经历过这一切，它变得越来越哲学了。

"既然诗云中包含了所有可能的诗，那其中自然有一部分诗，是描写我们全部的过去和所有可能与不可能的未来的，伊依虫虫肯定能找到一首诗，描述他在三十年前的一天晚上剪指甲时的感受，或十二年后的一顿午餐的菜谱；大牙使者也可以找到一首诗，描述它的腿上的某一块鳞片在五年后的颜色……"说着，已重新落回地面的李白拿出了两块晶片，它们在诗云的照耀下闪闪发光，"这是我临走前送给二位的礼物，这是量子计算机以你们的名字为关键词，在诗云中检索出来的与二位有关的几亿亿首诗，描述了你们在未来各种可能的生活，当然，在诗云中，这也只占描写你们的诗作里极小的一部分。我只看过其中的几十首，最喜欢的是关于伊依虫虫的一首七律，描写他与一位美丽的村姑在江边相爱的情景……我走后，希望人类和剩下的恐龙好好相处，人类之间更要好好相处，要是空心地球的球壳被核弹炸个洞，可就麻烦了……诗云中的那些好诗目前还不属于任何人，希望人类今后能写出其中的一部分。"

"我和那位村姑后来怎样了？"伊依好奇地问。

在诗云的银光下，李白嘻嘻一笑："你们幸福地生活在一起。"

名师赏析

大家都知道刘慈欣最杰出的作品是《三体》，但他的其他作品也很出色，比如《诗云》。只看这篇作品，也能明白他得享大名，绝非侥幸。刘慈欣被视为中国硬科幻的代表，对技术细节毫不妥协。他的作品中同时又充满人文气息。这种技术性与人文性结合在一起，相互照亮，形成了他独特的艺术魅力和思想深度。

这种结合在《诗云》中表现得淋漓尽致。作品一开始就写人类被来自远古的恐龙帝国征服，到后来恐龙帝国也被更强大的智慧生命连同太阳系一起毁灭了。但是作者并没有渲染这些毁灭的可怕，我们反而能感觉到一种令人忍俊不禁的刘慈欣式的幽默。人类变成了食物链的底层，成为恐龙饲养的小家禽。而我们一贯视为神圣的诗歌，是用来改善小家禽的肉质的工具。这里有一种科幻意义上的超越和颠覆，让我们暂时跳出传统的人类中心的视角，看看别的物种眼中的人类模样。但是，刘慈欣最终还是以技术的方式，以壮观的意象，捍卫了艺术的价值和人性的力量。